BAD KIDS

村山由佳

集英社文庫

目次

BAD KIDS

第1章

◆

制限時間は、とっくに過ぎている。

ロスタイムがあとどれくらい残されているのか、知っているのは審判だけだ。いつ笛が鳴らされてもおかしくない。

うちの高校は二点差で負けている。文化祭に招待試合を行うようになったのはあたしが一年生の時だから、今年でまだ三回目だけれど、このまま行けば史上初の負け試合ということになる。

あたしは隆之《たかゆき》を見つめた。

目の前でスクラムが組まれる。肩と肩、骨と骨がぶつかりあう鈍い音が、ズン、とおなかの下のほうに響く。敵味方あわせて十六人分の泥だらけの足が、互いに牽制《けんせい》しあいながら動いて、楕円形《だえんけい》のボールを転がす。際限もなく続くように見えるそれが、ふとしたきっかけで流れを変える。

誰かの足が、ボールを引っかけてひき寄せる。ボールは魔法でもかけられているように足から足へと渡って、うちのチームのスクラムの後方から飛び出した。

計ったようなタイミングで、背番号9をつけたスクラムハーフがそれを拾い上げると、相手方のタックルに押しつぶされる寸前にパスを出した。受け取ったのは背番号10番、スタンドオフの高坂宏樹《こうさかひろき》だった。ボールをがっちりと抱えたまま、猛然とダッシュする。数メートルも走らないうちに、相手方がタックルをかけてくる。一人をよけ、二人目をふり飛ばし、けれど三人目を振りきる勢いはもう残っていない。

三人目のタックルにつかまる直前に、高坂くんは大声で何か叫びながらパスを出した。後ろからダッシュをかけていた右ウイングがキャッチ、すぐさまパスを出す、すかさずこれをキャッチしたのがフルバックの鷺沢《さぎさわ》隆之、一人のタックルを強引にかわすと奇跡的に一瞬ノーマークになった、でも行く手にはあと二人いる、トライはとても無理。

そのとたん隆之は、いちかばちかの勝負に出た。ボールを地面に落とし、その上がりばなを思いきり蹴る。観客が総立ちになったのは、ドロップゴールの難しさを知っているからだった。

ボールはきりきりとまわりながら、十五メートルを一気に飛んだ。観客席が息をのみ、そして……爆発した。隆之の蹴ったボールはゴールポストの上を高々と通過して、真っ青につきぬけた空に吸い込まれていった。

笛が鳴りひびく。試合終了《ノーサイド》。逆転勝ちだ。

ずっと隣で観ていた恵理《えり》が飛びはねながら手をたたいた。

「すっごいねえ、隆之くん。さすがはあんたが見込んだだけあるじゃない」

恵理はあたしの顔をのぞき込んだ。

「どうしたの、都《みやこ》。うれしくないの？」

あたしは首を横にふって曖昧に微笑《ほほえ》んだ。だんごのように入り乱れて喜び合う十五人を見下ろす。隆之は高坂くんと抱きあって喜んでいる。高坂くんの長い腕で首っ玉を横抱きにかかえられたまま、真っ黒な顔に真っ白な歯並みをこぼして笑っている。

あたしは黙ってそれを見つめていた。笑っている隆之の、心のきしむ音が聞こえてきそうだった。

と、ふいに彼の顔から表情がするすると抜け落ちた。あっと思う暇もなかった。彼の膝がガクンとくだけ、大きな体が地面に崩れる。

「隆之！」

叫んで、高坂くんが抱き起こそうとする。気を失っているようだった。

あたしはそっと目をそらした。胸が痛い。

このところあたしが隆之の写真ばかり撮っているので、二年生の男子部員なんかはしみじみと、

「部長も女だったんですねえ」

などと言う。どうやらあたしが隆之にぞっこんなのだと思っているらしい。

そうではなかった。あたしは隆之のことを男として好きなのではなかった。あたしにとって彼は、二つとない絶好の被写体なのだ。

ラグビーの一チーム十五人のうちで、一番後ろにいるのがフルバックだ。攻撃においても防御においても最終兵器といえるその役割を、隆之は充分に果たしていた。特に彼のキック力といったら半端ではなくて、スタンドオフの高坂宏樹とともに、すでにいくつかの大学から誘いがかかっているといううわさだった。

隆之の体には、これっぽっちの無駄もなかった。骨格も筋肉のつきかたも全体のバランスも、どれをとってもほんとうに野性味にあふれていて美しかった。

ゴールキックのとき、彼はまず頭を激しく振って、流れる汗を振り飛ばす。それから、内心の緊張を抑えるためだろう、ことさらな無表情さでグラウンドの土を集めて山を作り、そこにボールを立てて、ゴールポストをにらみながらキックの角度を測る。そしてやがて立ちあがり、何歩か下がって息を整えると、最後に大きく吸い込んで止める。

その瞬間、瞳は色をかえる。彼は一気にボールに向かって突っ込んで行き、ためていた力を足の先から爆発させるのだ。

ゴールが鮮やかに決まったときと、失敗したとき……。あたしはどちらの表情も好きだった。

でも、いったん印画紙の上に焼きつけられた隆之は、ふだんあたしたちが目にしている隆之とはたぶん、微妙に異なっていた。ほんの一瞬前に見たことすら再現できない人間の目よりも、カメラは格段に正確で、しかも容赦がない。隆之の時間は、瞬間ごとにクローズアップされ、四角く切りとられては積もっていく。

あたしはそうやって、一方的に彼のことを知っていった。

「都」

と耳もとで恵理が呼んで、あたしは我に返った。

「あんた、また何かやったの？」

心配そうに眉をひそめている。

「どうして？」

「だって……」

彼女はあごをしゃくった。

「呼ばれてるわよ」

スタンドの下からあたしをにらみ上げて、降りて来るように合図しているのは、生活指導の沼口《ぬまぐち》先生だった。

あたしはもう一度グラウンドを見下ろした。高坂くんともう一人、一年生の部員が、隆之の両腕を肩にまわして運んで行こうとしている。

「工藤《くどう》！」

沼口が下から怒鳴るのが聞こえた。

「ちょっと教員室まで来い！」

あたりに居あわせた生徒たちの視線が、あたしの上に集まる。大部分は「またか」という顔をしている。工藤都が、また何かやらかした。

（たぶんあの写真のことだぜ）

（写真てなに？）

（見てないの、写真部の展示）

（あれはすげえよなあ。勇気あるよ）

（勇気？　馬鹿なんだよ。少しはおとなしくしてりゃいいのによ）

あたしは彼らの顔を順ぐりに見まわした。一瞬おいて、挑むようににっこりと微笑んでやる。

そう、あたしは馬鹿かもしれない。あんたたちみたいに調子よくお利口には、どうしても立ちまわれない。でも、本当はあたし、そのことをこそ誇りに思っているのよ。

♠

窓の外から、はなやいだざわめきが聞こえてくる。それは遠い潮騒《しおさい》と混じりあって、まだ眠りの淵《ふち》から浮かび上がりきれないでいる僕の意識をおずおずと撫《な》でてくる。寄せてはかえし、近づいては遠のく、かすかにざらついた音の粒子たち。

眠りから覚めるのが、いつもこんなゆっくりとしたかたちだといい。あまりにも突然に目覚めさせられたときは、脳みそが酸欠を起こし、内臓がふくれあがって口の中まではみ出したような気分になる。浮上を急ぎ過ぎたダイバーがかかるという潜水病に似ているかもしれない。

しばらく頑固に目をつぶっていた後、外のまぶしさに負けてしぶしぶ瞼《まぶた》を開く。窓からは秋の午後に特有の柔らかい光が太い束となってさしこんでいて、無数の小さな埃《ほこり》がきらきら輝きながらその束を出たり入ったりしている。

紙ではないかと思うほどぱりぱりに糊《のり》のきいたシーツや枕カバー。半分開いた間仕切りのカーテンのすきまから見える、薬や消毒液のびん。本棚にびっしりと並べられた全校生徒の健康診断の記録。机の上に広げられた保健日誌のノート。

奥の窓からさしこむ逆光のせいで、そんな何もかもが、まるでそれら自身が発光体であるかのように白い輪郭を持って輝いてみえる。

この不思議な明るさとざわめきの中で、ぼんやりと横になっているのは心地よかったが、同時に孤独感のほうもまた、夜の比ではなかった。前ぶれもなしに、鼻の奥がジン……としびれる。僕はあわてて目をかっとみひらき、何か別のことへと意識をふり向けて、かろうじて涙をやり過ごす。このごろ妙に涙腺が緩い。女のようだと自分でも情けなく思うのだが、だからといってどうできるものでもない。

さっき、試合終了《ノーサイド》のホイッスルが鳴り響いた後で柄にもなくブラックアウトしてしまったのも、実を言えばこのところ何日も眠れない夜が続いたせいだった。ぶっ倒れたついでにかなりぐっすりと眠り込んでしまったらしく、宏樹のやつが田辺《たなべ》と二人がかりでこのベッドに転がしてくれたことまではうっすらと記憶にあるのだが、その後は、いつ、どうやって縞《しま》のジャージを脱がされたのかも覚えていない。

(試合はどうなったんだっけ?)

記憶がゆっくりと戻ってくる。

思わず長いため息が出た。寝返りを打って天井を見上げる。丸い穴が規則正しく並んだ白いボード張りの天井は、じっと見つめていると、小さい穴が黒い点になって浮き出して見えてくる。だんだん目がおかしくなってきて、僕は再びぎゅっと瞼を閉じた。

頭のなかに、気を失う直前にかすむ目で見た、宏樹の満面の笑みが浮かんだ。

高坂宏樹は、小学校時代からずっと、僕のいちばん親しい友達だった。中学も高校も同じで、何度かクラスが別々になったこともあったが、家が近かったためもあって互いの仲が疎遠になることはなかった。

僕らの高校のすぐ前は、道路一本を隔てていきなり太平洋だ。教室のどの窓からも、房総《ぼうそう》の海が一望できる。うわさによるとうちの理事長は、将来子供の数が少なくなっていよいよ経営困難に陥ったときには、この校舎をリゾートホテルに改造するつもりでいるという話だった。

まちがっても進学校とは言えないにもかかわらず、関東一円から下宿してまでこの学校に通おうとする物好きな連中が集まってくる。それは環境のよさであるとか、高校にしては珍しくサーフィン部があることなどが主な原因だったのだが、生まれたときからここで育って海もサーファーもとっくに見飽きた僕らはといえば、入学式が終わるなり、その足で迷わずラグビー部の部室を訪ねていたのだった。

少年の日、釣《つ》り竿《ざお》を肩に防波堤を歩いて帰る途中、僕らはよくランニングをしている彼らとすれ違った。小さい僕らからすれば、ヤシの実みたいなボールを脇に抱えて走っていく彼らの身体《からだ》は巨人そのものだった。全身から噴き出した汗が一歩踏み出すたびにあたりにはじけ散り、それは夏の夕陽《ゆうひ》に照らされて、煮えたぎった油のようにみえた。彼らの野太いかけ声、荒い息づかい、傷だらけの顔や膝、そして遠ざかっていくごつい背中……。そういったものへの一種凶暴な感じのする憧れを、僕らはついに忘れることができなかったのだ。

そうして三年の今も、僕と宏樹はラグビー部の主戦力として、三十人からの大所帯を引っぱっている。僕らの口に「受験」という言葉がのぼることは、まずめったになかった。五分間に方程式が何問解けるかではなしに、スタミナとか、足の速さとか、とにかく僕らのプレイを見込んで入れてくれる大学があれば、どこだっていいと思っていた。

スタンドオフの宏樹と、フルバックの僕。

そのポジションから『司令塔』と呼ばれる冷静沈着な彼と、「攻撃こそは最大の防御」を地でいく僕。

僕らの間に保たれているバランスの良さはそのまま、チーム全体のバランスの良さともなっていた。そう、少なくともこれまでは。

僕は、ごろりとうつぶせになって頭を抱え込んだ。

（あいつのせいだ……）

胸の中で舌打ちをする。その「あいつ」というのが宏樹のことなのか、それとも宏樹が今つき合っているあの年上の女のことなのかは、自分でもよくわからなかった。

彼女を宏樹から紹介された夜のことを、いや、正しく言うと、彼女と思いがけず再会した夜のことを、僕は今でもよく思い出す。これはまだ宏樹にも言っていないのだが、じつは彼女——葉山《はやま》響子《きようこ》は、かつては兄貴の婚約者だった。

大学を出て一級建築士の資格を取り、館山《たてやま》で一人暮らしをしながらマンションの建築現場の監督をしていた兄貴が、盆でも正月でもないタダの日曜日に珍しく家に帰ってきたのは、ちょうど今と同じ季節……秋もいよいよ終わりにさしかかろうとしているころだった。もちろん、彼女を親父《おやじ》とおふくろに会わせるためだ。

だが、彼女が何者であるかに気づいた親父は、猛然と反対した。取りつく島がないとはあのことをいうのだろう。東大を出て就職して以来、出世街道をまっしぐらに突き進んできた親父の人生観を思えば、「どこの雌犬ともわからんような女」を、大事な長男の嫁に迎えるわけにはいかなかったのもまあ不思議はない。とにかく、兄貴と葉山響子がうちの座敷に座っていられたのは、ものの五分たらずだった。

「自分の父親の顔も知らんような、それも水商売の女を連れてくるとは、この馬鹿が！」

笑ってしまうのは、なぜ親父が葉山響子を知っていたかという理由である。彼女はそのころ館山でホステスをしていたのだが、これが偶然にもというか不運にもというべきか、親父がたまに立ち寄るクラブだったのだ。このことは、いつもなら何があっても兄貴の味方につくはずのおふくろのへそを曲げさせるにも充分だった。

「女ごときに腑抜《ふぬ》けにされおって、まったく情けない。頭を冷やせ！」

親父は入れ歯を飛ばしそうな勢いで怒鳴り散らした。

だが、この時ばかりは、生まれてこのかためったに親に刃向かったことのなかった兄貴が、顔色を変えて親父に食ってかかった。そして、妙に肝の据わった声で、はっきりとこう言い放った。

「響子と一緒になれないんなら、僕はこの家に未練はないよ」

そのとたん、親父の平手が兄貴の頰《ほお》にはじけた。昼メロもどきのこの騒動もそれで幕。と、少なくとも僕はそのときそう思った。あのおとなしい兄貴に、駆け落ちだの家を捨てるだの、そんな思いきったことができるはずがないじゃないか。

その、たった一週間ほど後だった。

兄貴は建築現場の足場を踏みはずし、十五メートルばかり下のコンクリートにたたきつけられた。即死だった。親父とおふくろは一瞬にして最愛の息子を失い、葉山響子は、最愛だったかどうかまでは知らないが、とにかく未来の夫を失った。

それから三年の間、響子には会っていなかった。僕は今も、宏樹を介して再会したときの彼女の表情に、自分を恥じるような色が少しでもなかったかと思い返してみる。だが、そのとき彼女の顔にあったものは、ただ驚きと、戸惑いと、それに何だかわけのわからないひたむきさみたいなものだけだった。

日が傾きかけている。金色だった光はオレンジがかった山吹色へと変わっていた。さっきから聞こえているざわめきは、出店の看板を片づけたり、後夜祭のファイアーストームのために薪《まき》を運んだりしている生徒たちのものに違いなかった。宏樹たちが様子を見に来ないのも、この時とばかりに力仕事に駆り出されているからだろう。保健室の女の先生もいったいどこへいったのか、ここだけが別世界のようにひっそりと隔離されて在った。

と、ふいに空気の動く気配がした。間仕切りのカーテンがさっと開け放たれ、女子生徒がひとり入ってきた。僕があわてて起き上がろうとすると、

「あ、そのままでいて」

彼女はてのひらを僕の鼻先につきつけて押しとどめた。興味深げに僕を見下ろす。外を歩いてきたのだろうか。彼女からは、かすかに海風の匂いがした。

「見てたわ。さっきの試合」

と彼女は言った。そしてちょっと考えてからつけたした。

「最後までね」

最後まで、というのはもちろん、ぶっ倒れるところまでということだ。

その顔をもう一度見直してやっと、彼女が誰であるかに気づいた。

長い髪を高い位置でポニーテールにしている。ポニーどころか、サラブレッドのシッポくらいある立派な代物だった。目はびっくりするほど大きい上に猫のようにピッと切れ上がっていて、唇はそれとは対照的に小さいくせに、妙に肉感的だ。美人というのではないのだが、なんとも形容しがたい不思議な雰囲気を持った子だった。よく僕らの練習をカメラ持参で見に来ているのを知ってはいるが、まだ一度も話をしたことはない。

彼女は肩から下げていた大きなバッグを足もとに置くと、ベッドの横の椅子にまさに「どっかり」という感じで腰をおろした。

「あたしのこと、知ってるみたいね」

「まあね」

と僕は言った。

「去年の文化祭に、教頭の不倫写真を展示して、停学食らっただろ?」

彼女はきれいに並んだ白い歯を見せてニッと笑った。

僕の記憶に間違いなければ、彼女の名前は工藤都といって、この学校でも指折りの問題児だった。とは言っても、カミソリを持って歩くとか窓ガラスを割ってまわるとか、そういったタイプの問題児ではなくて、ただ何というか……目立ちすぎるのだ、あらゆる意味において。

女子でありながら写真部の部長をつとめ、常に一眼レフを持ち歩いていて、ひとたびいい被写体だと見るやいなや、相手がたとえ校長であろうが犬の糞《ふん》であろうが、とりあえずはシャッターを切らずにいられない性格だという話だった。

去年、運悪く撮られた教頭の相手は、あろうことか英語の女教師だった。学校側は何とかもみ消そうとしたのだが、騒ぎはついにＰＴＡにまで及んでしまい、教頭は泣く泣く辞職願を書かなければならなかった。ヤツとヤツの漢文の授業が大の苦手だった僕としては、工藤都に感謝したいくらいのものだったが、たぶん当の教頭には教頭で、もっと別な意見があったに違いない。

「こんなとこにいていいのか？」

と僕は訊《き》いてみた。

「片づけとかＨＲ《ホームルーム》とか、あるんだろ？」

「いいのよ。停学になったから」

彼女はけろりとして言った。

僕はあきれて言った。

「またかよ」

「今度はいったい、誰をすっぱ抜いたんだ？　校長か？」

「見そこなわないで」

彼女は、長いシッポを不機嫌そうに後ろへふりやった。

「二度も同じネタは使わないわ。今度のは、文句なしにあたしの最高傑作」

しゃべり方はきっちりしている。案外、いい家に育ったのかもしれない。

「見る？」

「ここにあるわけ？」

「『すぐ持って帰れ、二度と誰にも見せるんじゃない！』だって」

「じゃあ、やっぱマズいだろ」

「お利口さんなのねえ。見たいの？　見たくないの？」

「そりゃあ……見たいけど」

彼女はもう一度ニッと笑うと、足もとのバッグに手を突っ込んだ。ベッドの上で体を起こす。いつのまにか彼女のペースにまきこまれているなという気はしたが、好奇心には勝てなかった。

彼女がバッグからつかみ出したのは、Ｂ４よりひと回り大きいくらいのパネルだった。黙って僕に手渡す。

受け取って、——絶句した。

ぴっしりと職人芸のような正確さでパネルに貼られたその写真は、どう見ても、誰が見ても、男と女の情事の翌朝を撮ったものであることが歴然とわかる代物だった。しかもそこに写っている二人のうち、女のほうは、これはどう見ても、誰が見ても、工藤都本人に間違いなかったのだ。

写真はモノクロで、おそらく意図的に粒子を粗めに仕上げてあった。やせぎすの男の裸の上半身と、ゆるやかにシーツを巻きつけただけの都のからだに、弱々しい朝の光が複雑な陰影を投げかけている。男は三十代の半ばくらいだろうか、今にも飛びかかって来ようとするかのように顎を引いてファインダーをにらみつけていたが、対照的に都のほうは、仰向けの横顔に満ちたりた子猫みたいな表情を浮かべながら、下からぶらさがるような姿勢で両腕を男の首にまわしていた。

わけもなく息が苦しくなる。

「誰が撮ったんだ?」

情けないことに、声がかすれた。

「あたしよ。レリーズっていう手元のシャッターで」

都はこともなげに言い、フン、と鼻を鳴らした。

「下品だって言うのよ、沼口のやつ。『こんな破廉恥きわまる姿を人前にさらして、お前は優越感を味わっとるのか知らんが、それはお前自身がガキだからだ、露悪趣味もいいところだ』って」

彼女は、やれやれというように肩をすくめた。

「あなたはどう？　やっぱりこれ、下品だと思う？」

まだ最初のショックから立ち直りきっていなかった僕は、少し考えるふりをして時間を稼いだ。

「そうだな……。俺はべつに、下品だとは思わないな。かなり煽情《せんじょう》的であることは認めるけどね」

「煽情的、ねえ」

都は僕から写真を受け取り、自分の膝にのせてじっと眺めた。その顔がまだ不満そうだったので、僕は付け足した。

「写真のことは、俺、正直言ってよくわからないけどさ。この写真の君がとてもきれいに撮れてるってことだけは言えるよ」

自分で言ってから歯が浮いたが、それは事実だったので仕方がなかった。

都はしばらく僕の顔をまじまじと見つめたまま何かを考えていたが、やがて再びフン、と鼻を鳴らした。ただし今度は、前よりもやや肯定的な「フン」だった。

「この人ね。わりと有名な写真家なのよ。社会派の写真ばっかり撮ってるから、あんまりメジャーじゃないけど」

と彼女は言った。

「訊いてもいいか」

と僕は言った。

「……どうぞ」

「何でこの写真を、文化祭なんかに出したんだ？」

そんな質問は予想していなかったのだろうか。都は僕を見つめて、ぎゅっと口を引き結んだ。

◆

「何でこの写真を、文化祭なんかに出したんだ？」

と隆之が言ったとき、あたしは一瞬、答に詰まった。それと同時に、ちょっとした感動を味わってもいた。そんなことを訊いてきたのは、彼が初めてだった。『この男は誰だ』とか、『どういう関係なんだ』とか、みんなそんなことばっかり訊く。どういう関係かなんて、見ればわかりそうなものなのに。

あたしはやがて、ため息まじりに答えた。

「たぶん……区切りをつけたかったからだと思うわ」

「区切り？」

隆之はあたしをじっと見つめた。瞳が茶色いのが、いたずらっ子みたいで何だかかわいい。

「ってことは、」

と彼は言った。

「こいつとはもう終わったってことか」

あたしは答えずに、窓の外を見やった。思い出すとまだ苦しいのは、つまり……。

「そんなに惚《ほ》れてたのか?」

つまり、そういうことだった。

「いいわ」

あたしは言った。

「誰かに聞いてほしかったし。あなたにだったら、いいわ」

「どういう意味さ?」

あたしはバッグの中から何枚かの写真を取り出し、中から一枚を選んで隆之にさしだした。隆之は何の気なしにその写真に目を落とし……そして、顔色を変えた。

それは、彼の写真だった。夏の練習試合のときの隆之。あのときも試合には勝って、そのあと彼らは水飲み場に集まり、大喜びで互いの頭の上から水をかけあっていた。濡《ぬ》れたジャージが体にはりついて、まるでそこだけ夕立が通り過ぎたかのようだった。写真の中の隆之は、アルミのやかんをまっさかさまにして高坂くんに浴びせかけている。

二人とも体の線がはっきり透けて見えるほどびしょ濡れだ。

　我ながらよく撮れている作品だと思う。水のしずくの一粒一粒がきらめき、選手たちの白い歯はすばらしく印象的だ。でも、これを引き伸ばして展示することは、あたしにはできなかった。隆之が日頃、心の奥に押し隠して誰にも見せないでいるはずのものが、そこにはあからさまに写し出されてしまっていた。写真は、瞬間を永遠へと焼きつけてしまう。

　隆之が目をあげた。顔が真っ赤に染まっている。片手で写真をくしゃくしゃに握り潰して、ものすごい目つきであたしをにらみつけた。

　でも、あたしはまるっきり動じなかった。彼の手から写真をとり、紙つぶてのようになったそれを膝の上でのばす。

「あたし、あなたにとっても興味があった」

　あたしはつぶやいた。

「でも、べつにここまで踏み込むつもりはなかったのよ。これはほんと。ただ、ファインダーを通して見ると、いろんなことがみえてしまうの。たとえ意図しなくても」

　隆之は黙っていた。

「ごめんね」

　あたしは小さな声であやまった。

保健室の先生は、まだ戻って来ない。隆之もとっくに具合なんかよくなったくせに、出て行こうとしない。あたしがどこまで知っているのか確かめたいのだろうか。誰かに彼のことをしゃべるとでも思っているのだろうか。だとしたら、可笑《おか》しい。

「あなたの家って、両親そろってる?」

と、あたしは訊いた。

彼はまだ怒って傷ついたような顔をしていたけれど、しぶしぶ口を開いた。

「ああ。幸か不幸かね」

「あたしんちはね、父親だけなの。それも、一年の半分以上は外国へ行ってて家にいないし」

あたしの父親は、かなり名の通った指揮者だ。寄付だって、たぶん沢山してる。あたしがこうやって何度か停学を食らっても退学にまでは至らないのは、もしかするとそのせいもあるのかもしれない。

「あの父親のことを思えば、あたしなんか、こんなマトモに育ったのが不思議なくらいよ」

冗談のつもりではなかったのに、隆之は苦笑いをもらした。

「はじめて停学になったとき、二年の春だったんだけど、あのヒトってば何て言ったと思う?」

　彼は肩をすくめた。

「ちょうどよかった、だって。何のことかと思ったら、親戚んちの田植えよ、田植え。毎日毎日泥まみれで手伝わされて、日に焼けてさ、学校に出てきたとたんに沼口にイヤミ言われたわよ。お前は自宅謹慎中にハワイへでも行ってきたのか、ってね」

　あたしはやれやれと首をふった。

「ちょっとズレてるのよ、あのヒト。それでいて、やることだけはちゃあんとやってくれるんだから」

　父親が何をやったのかと言えば、御多分にもれず、外に女を作ったのだった。外も外、なんとオーストリア人のバイオリニストが相手だったのだから始末が悪い。

　気位だけは高かったあたしの母親は、まさかウィーンくんだりまで怒鳴り込みに行くわけにもいかず、かといって何もしないでは気がおさまらず、結局、あてつけに狂言自殺をはかった。彼女の悲劇はただ、飲む薬の量を間違えたことだった。本気で死ぬつもりなんかこれっぽっちもなかったくせに、彼女はとうとう目を覚まさなかった。

　あたしはこのとき、ぽっかりと悟りをひらいてしまった。つまり──「悲劇と喜劇は、往々にして背中合わせなのだ」ということ。中学二年の秋のことだ。

　母親の死に顔は、何だかぞっとするほどきれいだった。それをぼんやり見ながら、あたしは、父と母がいまでも現役の男と女だったことにとても驚いていた。自分の両親にもなまなましい「性」があったという事実が、どうしてもうまくのみこめなかった。

でも、それよりもっと驚いたのは、母親の死を知った父が、空港から病院に駆けつけるなり、あたしの首っ玉に抱きついておいおい泣きだしたときだった。あたしは自分が泣きだすきっかけを横取りされてしまって、あっけにとられてつっ立っていた。

感情の起伏が激しくなければとても音楽家などつとまらないと知ってはいたけれど、父はそれからしばらく指揮棒を振れないほど落ち込んでしまい、例のオーストリア女にはあまりに取り乱しようがひどいために見放されてしまったのか、それとも自分でけりをつけたのか、とにかく、以来、そちらの方面は寂しいままらしい。

そんなにショックを受けるほど大事に思っていたのなら、浮気なんかしなければいいのに、と、あたしでなくても誰でもそう考えると思うのだけれど、男と女の間はそんなに単純にはいかないってことが、このごろではあたしにも少しわかってきたような気がする。

「憎めば憎めるはずなのに、でも、どういうわけかあたし、あの父親が好きなのよ。……亡くなった母には悪いんだけど」

隆之はベッドの上で足を組み、枕側の白い柵にもたれてあたしを見ていた。

「でも、そうは言ってもね。写真部に入った初めのころはあたし、よその家族の写真ばっかり撮ってたの。公園とか遊園地へ行って、乳母車に乗ってる赤ちゃんとか、孫を連れたおじいちゃんとか、おなかの大きい女の人とか。北崎《きたざき》に会ったのはそんなときだった」

『家族とはまた、安っぽいテーマだな』

それが、北崎　毅《たけし》があたしに対して発した初めのひとことだった。あたしはムカッとしてふり向き、相手があの有名な写真家であるのに気づくと、さらにムカッときた。

家族。最高に平凡でお手軽なテーマ。

でも、ファインダーから覗《のぞ》き見るその平凡さを、どれほどあたしがうらやましく思っているか……あんたにそれがわかるとでも言うの。

北崎はあたしに向かって、写真家になるつもりかと訊いた。だったらどうなのかと訊き返すと、唇の端をゆがめて笑いながら言った。それじゃ、一度作品を見せに来るといい。俺は火曜と金曜の昼はたいてい、駅の裏手にあるログハウスの喫茶店にいるから。あそこのコーヒーは口が曲がるほど苦くて旨《うま》い。

もちろんあたしは、絶対に行くものかと自分に誓った。尊大ぶった態度も、キザったらしいその口調も、いい年をして若い者に向かってオレなどと話す神経も、とにかく北崎の何もかもが片っ端から気にさわった。写真家として以前から尊敬していただけになおさらだった。

あそこのコーヒーは苦くて旨いって？　そんなに苦いものが好きなら、サザエのつぼ焼きでも逆さにしてすすってりゃいいのよ。あたしが西太后《せいたいこう》だったら、あんたなんかばらばらにして樽詰《たるづ》めにしてやる。

でも……結果的には、あたしは北崎にのめり込んでしまった。

愛情に飢えていたんだろうとか、年の離れた北崎に父親を求めていたんだとか、そういうくだらないことは言わないでほしい。あたしはただ、彼という人間の抱えている暗がりに引きずり込まれてしまっただけだ。それは何と言うか、そう、ブラックホールみたいなもので、北崎は自分で意図してではないにしろ、たぶん今までもそうやってまわりじゅうの人間の精気とか才能とかを食って生きてきたのだと思う。

北崎があたしのどこを気にいって声をかけたのかはいまだにわからないけれど、あたしとあの男との間には、根っこの部分で奇妙に似通ったところがあって、もしかしたらそれが彼を惹《ひ》きつけたのかもしれない。

「家族愛だの親子の絆《きずな》だの、そんなものはカメラさえ向ければ誰だって撮れる」

北崎は唾でも吐くように言い捨てた。

「そんな、毒にも薬にもならんようなものを撮るな。お前にしかとらえることのできない一瞬を撮れ。撮る対象を選べ。撮る瞬間を選べ。そうして、見る者全員にそれを納得させろ。圧倒しろ。ねじふせろ。でなければ、いまどき写真なんぞやる価値は、ない」

北崎があたしに教えたのは、撮影や現像の技術ばかりではなかった。

どんなに背伸びをしてみたところであたしはまだほんの小娘で、ずいぶん抵抗を試みたつもりではいても、彼の前に陥落するまでにそれほどの時間はかからなかった。

出会ってからちょうど三か月目だった。現像液や定着液の、鼻をつく匂いがたちこめる暗室で、あたしは北崎に抱かれた。あんなにごつごつと骨張っていたはずの北崎の手は、あたしの体に触れたとたんに、信じられないほど繊細な生きものに変わっていた。小さな赤い電球をひとつだけつけたその部屋で、彼はまるで夜行性動物のように的確に動いてあたしを裸にむき、あたしが真夏のアイスクリームみたいにとろとろに溶けるまでさんざんじらしてから、ようやくつながった。痛みなんかほとんど感じなかった。背中にはひんやりとしたリノリウムの床があって、その上に熱いピンで標本のようにとめられながら、あたしは北崎のやせた背中にしがみつき、これで彼が自分のものになったという満足感に酔っていた。

でも、もちろん……そんなものは錯覚に過ぎなかった。それはあたしにもじきにわかった。

「無関心」という手段の使い方が、北崎は憎らしいほど巧《うま》かった。あたしは自分でもプライドの高いほうだと思うのだが、そのあたしも、北崎の前ではほんとうに情けないくらいに我慢がきかなかった。彼の視線が少しでも自分からそれると、もう不安で不安でしかたなかった。あのころのあたしの言動の一部始終がもしビデオにでも残っていて、今それを見せられたとしたら、あたしは恥ずかしさのあまり、この学校の屋上から空っぽのプールに飛び込んでしまうことだろう。

「見て」

あたしはバッグの中からスナップを一枚取り出して隆之に見せた。

「ふだんの北崎」

ちらりと見てから、隆之はそれをあたしに返した。

「何だか退屈そうな顔してるな」

あたしはため息まじりに笑った。

「別れる少し前よ。あたしはあの人に、こんなつまらなそうな目で見られてたってわけ。写真に撮ってみて初めてそのことに気づいたわ。あの人をつなぎ止めるのに夢中で、よっぽど何も見えてなかったのね」

「そういうときってあるさ。誰にでも」

と隆之が言った。

「もしかしてそれ、慰めてくれてるわけ?」

隆之はまた不機嫌そうに黙りこんだが、あたしにはわかった。彼は、ひとを想《おも》う痛みを知っている。

「そっちの……問題の写真は、いつ撮ったんだ？」

と隆之がパネルをあごでさした。

あれは、九月の終わりごろだった。そのころにはもう、露骨にあたしをわずらわしがるようになっていた北崎が、写真を撮られるとなると急に興味を示して態度を変えた。撮るほうは二十年近くやってきても、自分が撮られるのは、プロフィール用以外では初めてだったらしい。しきりに鏡をのぞいて顔を作ってみたり、髪にくしを入れたりして、見ているあたしはおかしかった。ああ、結局このひとは自分自身が一番好きなんだな、と今さらながらに思った。

セットしたカメラの前で、馴《な》れ親しんだ北崎の体に自分の体をからませながら、あたしはそれまでの一年あまりのことを思っていた。今日別れたら、もう二度と会わないと決めていた。辛《つら》くなかったと言えば嘘《うそ》になるけれど、不思議と後悔はなかった。

北崎と知りあわなかったら、あたしは自分が醒《さ》めた人間だと思い込んで、そうしてもっともっと醒めて、そのあとの人生をうんとつまらないものにしてしまっていたかもしれない。一生独身でいたかもしれないし、もしかすると誰かれかまわず寝るようになっていたかもしれない。

北崎はあたしに、幸福のつきあたりと嫉妬のどん底の両方を見せてくれた。あたしの中にも母と同じような女の業《ごう》というか、そんなどろどろしたものがいっぱい詰まっていることや、ひとが自分を見失った時どこまで恥知らずになれるかということなんかも、全部引っぱり出して見せてくれた。

あたしは……そう、今では北崎に感謝している。

「ろくな男じゃなかったけど、写真家としてのあのひとは確かに超一流だと思うわ。だからあたし、あのひとの認めた、あたしの中の才能を大事にすることにしたの。あのひとが言ったとおり、あたしにしか見えない、あたしだけが魅力を引き出せる、そんな被写体をずっとさがしてて……ようやく見つけたのがあなただったってわけ」

「おかげでいい迷惑だ」

「そんな顔しないで」

あたしは、自分に子供ができたらたぶんそうするような笑いかたで、隆之に向かって微笑みかけた。彼の嫌悪があたしに向けられたものではないことはわかっていた。

あたしは訊いてみる。

「あなたが許せないのは、結局、何なの？」

隆之の視線が、痛いほどあたしを刺した。

都の撮った写真を見た瞬間に僕が感じた恥ずかしさは、過去十七年のなかでも最悪のものだった。

おそらく誰でも、ハッと気づいてみたら公衆の面前で一糸まとわぬすっぽんぽんだったという夢を見たことがあると思うのだが、それはちょうどそのときと同じ、絶望的ないたたまれなさだった。

「あなたが許せないのは、結局、何なの？」

都は、観音様の幼少時代はかくありなんというような無邪気な顔で言った。彼女に悪意がないのは僕にもわかっているが、悪意がなければいいというものではない。なおさら始末が悪いこともある。

僕は都に人生相談を持ちかけるつもりはなかった。今日初めて言葉を交わしたばかりの、それも同い年の女に、僕を悩ませているものについて話したところでいったい何になるのだろう？　それですぐに解決策が見つかるとすれば、今まで眠れないほど悩んでいた僕はまるきりの馬鹿だし、逆に解決策が見つからないならば話しても意味はない。

僕がそう言ってやると、都は首をかしげてちょっと考え込んだ。

「でもそうなると、この世に精神科医やカウンセラーの存在意義はなくなるってことにならない？」

「そんなもの、初めから信じちゃいない」

「相談するとか告白するとか、そういうふうに考えるからプライドが邪魔するんじゃないの？」

「どう考えればいいって言うんだ？」

「そうね。……こういうのはどう？　あなたはあたしの口を封じなければならない。けれどあたしは、誰にもしゃべらないことと引き替えに、あなたがすべてを話してくれることを要求している」

そう言って、彼女は片方の眉だけをひょいとつり上げるようにした。

僕は黙っていた。工藤都は確かに頭が切れるかもしれない。でも、はたして口は固いだろうか？　そう考えて、思わず苦笑してしまった。女に口の固さを求めるなんて、どうかしている。

都がため息をつきながら言った。

「あのねえ。あたしはあらいざらい話したのよ？　それも、今まで女友達にさえ話したことのないことをよ？　あたしだけ素っ裸にひんむいといて自分はシカトするって、それはあんまりなんじゃないの？」

「別に話してくれって頼んだわけじゃない」

「あなた訊いたじゃないよ。『どうしてこの写真を文化祭に出したんだ』って。頼んだも同じことよ」

「それに関してはまだ、はっきりした答は聞いてないような気がするけどな」

「そっちが話してくれたら、あたしだって話すわよ。小さいとき教えられなかった？」

「何を」

「かわりばんこに遊ぶのよって」

僕はなおも反論しようとしたが、思い直してやめた。口で都に勝とうなどと考えることがそもそも間違っているらしい。

突然がらりと口調を変えて、都が言った。

「気づいたのは、いつごろから？」

にらみつけてやったが、前と同じで効果はまるでなかった。彼女は組んだ膝の上で頬《ほお》杖《づえ》をつき、答が返ってくることを疑いもしていない目で僕を見上げていた。

僕はやがて、長いため息をついた。

「……半年前」

半年前まで僕は、部活が休みの日には必ずといっていいほど、宏樹と連れだって磯《いそ》釣りに出かけていた。

僕らが見つけたポイントはまだ知る人も少ないらしく、なかなかいい形《かた》をしたアジやサバの子がよく釣れた。入れ食いのときもあるかわりに、時にはどんなに待ってもベラやウマヅラしか来ないこともあったが、それはそれで別にかまわなかった。釣れなくたってその日の晩飯に困るわけではないし、クーラーいっぱい釣れたからといって誰が手をたたいてくれるわけでもないのだ。

それではいったい何が楽しいのかと訊かれれば、結局、釣るという行為そのものだとしか答えようがなかった。それも、魚を釣りあげる行為だけではない。釣り竿を自転車のかごに入れてぶらぶらと出かけていき、自分で岩場の砂を掘って集めたイソメをていねいに針につけて、できるだけ遠くの波間へと投げる。そうしていつ来るとも知れないアタリを待っている間、宏樹と並んでただぼんやりと黙っている。その一刻一刻が、僕にとっては最高の時間だった。陽にあたためられた岩に座って日がな一日釣り糸をたれていると、胸の内側にもひたひたと潮が満ち、そして引いていき、そのあとにはよけいなものがいっさいなくなって穏やかなものだけが残っている気がした。

女とではこうはいかない、と僕は思った。女はいっときでも言葉がないといられない生き物だ。黙っていることの快さを知らない。たとえ黙ったとしても、その沈黙は次の何かを待ちうけるためのものでしかなくて、沈黙それ自体が完結しているわけではない。

彼女は常に相手の次の言葉、次の行動を待っているのだ。当然、待たれているほうは落ち着かない。何か言わなければ悪いような気がしてくる。

僕は自分と宏樹の間の言葉のいらない関係をひそかに誇りに思い、自分たちのことを、女や、女にかかずらわって休日を浪費する級友たちよりも進化した人間のように感じていた。

はじめに不純物を持ち込んだのは宏樹だった。

あれは五月の終わり頃だったろうか、その日も僕らは釣りをしていた。空は高く、波も静かで、朝から釣れたのはボラとフグが数匹だけだったがいい気分だった。

釣り竿を固定して、僕が平たい岩の上に寝ころがっていたときだ。背中を向けたまま、ふいに宏樹が言った。

「あのさ、隆之。釣りの話をしたら、ぜひやってみたいってやつがいるんだけど、今度ここへ連れてきてもかまわないかな?」

「別にいいさ」

と僕は言った。ほんとうは嫌だったが、そうも言えない。

「健二《けんじ》か?」

「いや」

「じゃ山本《やまもと》か?」

「違うんだ隆之。その……女なんだ」

「なんだって？」

僕は驚いて起き上がった。宏樹は照れくささを隠すためか、ひたすら波の間を見つめていて、僕と視線を合わそうとしなかった。

「お前、いつのまにそんな……」

宏樹は黙っていた。

「クラスのやつか？」

「いいや」

「でも、俺の知ってるやつなんだろ？」

「それが、そうじゃないんだ」

そうじゃなくなんかなかった。そうして引きあわされたのが、葉山響子だったのだ。

彼女はもうホステスをしてはいなかった。では何をしていたかというと、なんと、市立図書館の司書だった。

度胆《どぎも》を抜かれてさりげなく宏樹に水を向けてみると、彼は響子の以前の職業をちゃんと知っていた。というより、響子の本業は昔から司書だったのだそうだ。兄貴に連れられて我が家に来た当時は、母親が腎臓だか膵臓《すいぞう》だかの病で倒れて入院費がかさみ、やむなく五時に図書館が引けてから、職場にばれないようにわざわざ館山まで行ってクラブに勤めていたというわけらしい。結局その母親も亡くなって、今は一人で暮らしているという。

濡れたような瞳をみひらいて、静かな声で話す女だった。僕の親父が指摘したとおり、彼女は私生児だったが、それは宏樹が言うには彼女の責任ではなかった。確かに宏樹のほうが正しい。

だが僕は、宏樹と響子の恋を喜んでやれなかった。彼女が年上だからか？　違う。死んだ兄貴の婚約者だったからだろうか？　それも違う。ならば、なぜなのか。

答は初めからわかっていたことだった。けれどその答を自分自身に対して認めるのに、僕はほんとうに長い時間を費やさなければならなかった。それほど、その答は僕にとって恥ずかしく、情けなく、男としての自分が根本から否定されるものだったからだ。

僕は、自分と宏樹との間に、ほかの何者をも侵入させたくなかったのだ。あの静謐《せいひつ》な時間をかき乱されたくなかった。誰にも気を遣いたくなかった。邪魔されたくなかった。僕へと向かう彼の視線をさえぎる者がいるなんて、許せなかった。そして何よりも僕は――

僕は、高坂宏樹を自分の、自分だけのものにしておきたかったのだ。

「つまらないことを訊くようだけど」

と都が言った。

「それは子供が友達を取られると思うとか、そういう心理とは違うの？」

「違うね」

「どう違うの？」

「ぜんぜん違う」

「だから、どんなふうに違うのよ」

僕はうんざりしながら都を見やった。

「遠回しに探りをいれるのはやめてくれ。わかってるんだろ？」

「………」

わかっていないはずはない。都が撮ったあの写真には、僕の宏樹への想いがすべて封じ込められていたのだから。あの一瞬、僕の視線は、濡れそぼった宏樹の体にくぎづけになっていた。いわゆる肉欲というやつ丸出しでだ。都は偶然、そのたった一秒をカメラにとらえてしまったのだった。

「畜生……！」

僕は呻《うめ》いて、尻の下のシーツをもみくちゃにした。

「そうさ、俺はどうかしてる。あいつはどこから見たって男だ、なのにあいつを見てると俺は、身震いがとまらないほど欲情する」

都の視線が頬に突き刺さるようだ。その視線がいっそ快くて、僕はすてばちな思いでしゃべり続けた。

「あいつにタックルをかけて、もつれあって地面に転がってるときが一番幸せだ。幸せすぎて大声で泣きわめきたいのをいつも必死でこらえてる。あいつは何も知らずに俺の目の前で裸になる。俺が心の中でどんな汚いことを思ってるかなんて気がつきもしないでな。我慢して歯を食いしばってると、からだじゅうに鳥肌が立って、内臓の裏までブツブツ泡だってくる。俺は……俺はときどき、胸の中のものを洗いざらいぶちまけてあいつを殺しちまいたくなる。誰かにわたすくらいなら、あいつを殺して自分も死んじまいたいなんて、そんなことまで考えたりするんだ。……どうだ。狂ってると思うだろ？」

都の猫のような瞳がじっと見つめていた。

「たった一人残った息子がこんな変態に育っちまったと知ったら、親父のやつ、いったい何て言うかな」

やけを起こしてへらへら笑っている僕に、ふいに都が言った。

「男だったら誰でもいいの？」

「なんだって？」

「それとも、高坂くんだけが例外なの？」

僕は目をむいた。

「あいつだけに決まってるだろう」

「なぁんだ。それじゃ、変態なんて名乗る資格ないじゃないの」

都はまるで、僕がそうでないのを馬鹿にするような口調で言い放った。

「あたしだってね。北崎のこと、男かどうか見極めてから好きになったわけじゃないわ。好きになってみたら、たまたま男だったたっていうだけよ。二分の一の確率。あたしの言ってる意味、わかる?」

「それとこれとは……」

「同じことだわ」

都は椅子から立ち上がり、ベッドの上、僕の投げ出した足の横に腰をおろした。じっと僕をのぞき込むようにする。

「男と女でなきゃ間違ってるなんて、いったい誰が決めたの?」

と彼女は言った。

「そんな道徳観念なんて、もともとは宗教か何かから出たたわごとでしかないのよ。子孫が繁栄しないと困るから同性愛を禁じたっていう、ただそれだけじゃないの。それが証拠に、そういうこと何にも教えられてない子供たちを、無人島に連れてってほっといてみなさいよ。十年たって全部が全部、男と女のカップルになってたら、かえって驚きだわ」

　都の顔が、ぐっと近づいてきた。

「ねえ、隆之くん。あたしはこんなふうだけど、男と見れば誰とでも寝るってわけじゃないのよ」

「そんなふうには思ってないよ」

「いいから聞いて。その反対に、女の子に欲望を感じたことだってあるのよ。キスだってしたわ。やだ、そんなにびっくりしないでよ。女の子の半分くらいはたぶんそういう気持ちになったことがあるはずだし、そのまた半分くらいはあたしと同じ経験してるわ。女のほうがそういうところ頭柔らかいし、小さいときからマンガやなんかで免疫つけてるからね。……だからね、あなたも自分がゲイだったら困るとか、変態じゃないかとか、そんなふうに考えるのよしなさい。男だったら女を好きになるのが当たり前だなんて、そんなの嘘っぱちもいいところだわ。あたしたちは、動物のオスやメスとは違うのよ？　本能の導くままに交尾するわけじゃない。まず相手に恋をして、その結果結ばれるのよ？　そこの違い、わかってるの？」

「…………」

「あたしにしたってそうよ。好きになった相手がたまたま女で、それが本当にほんとうの恋なんだとしたら、それはもうどうにも変えようがないじゃないの。あなただって、高坂くんが男だから好きになったわけじゃないんでしょう？　気がついてみたら好きになっていた、それだけなんでしょう？」

もちろんそれは、都の言うとおりだった。

じつを言えば僕は、自分が本当にそういう性向の持ち主なのかどうかを確かめるために、古本屋でその手の専門誌をそっと立ち読みしてみたことまであるのだ。結果はといえば、どう頑張っても無理ですぐやめた。クラスのほかの男どもを見て妙な気を起こした覚えもない。あるわけがない。

にもかかわらず、宏樹へのこの感情だけはプラトニックなものではないのだ。もし叶《かな》うことなら、僕は宏樹を自分のものにしたいと思っていた。男同士というものがどうやってそれを行うのか知らないままに、あいつの心も体も全部欲しいと思っていた。やつが女だったらどんなによかったかと思う。そうしたら僕らはごく自然に抱き合えるのに、と。そうして僕は毎夜それを夢に描きながら、ときには自分を穢《けが》しさえするのだ。

……こういったことがすべて、都の言うようなきれいごとですまされるのだろうか？　百歩譲ってそんな僕を「変態」と言わないとしても、少なくとも「異常」とは言えるんじゃないか？　文字どおりの意味で。

都は、まだ腑に落ちない顔をしている僕を見てため息をつき、お手上げだというようにポニーテールをゆすった。ひょいと立ち上がり、窓のところへいって外を見下ろす。

「あ」

ふいに彼女は小さな声を上げた。

「ファイアーストームの用意、終わったみたい」

僕は床に足をおろし、ゆっくりと窓に寄った。都の後ろから、ガラスに手をついて見下ろす。窓のすぐ外まで、薄闇が忍びより始めていた。僕らが見下ろしている前で、井桁《いげた》に組み上がった薪の中に松明《たいまつ》が投げこまれる。ヴォッという音がここまで届いた。灯油がかけてあったのだろう、炎は見るまにめらめらと高く燃え上がった。

「ねえ」

むこうを向いたままで、都が言った。

「いつかは高坂くんに、言うつもり？」

僕は黙っていた。

「機会さえあったら、ほんとに彼を犯しちゃうかもしれないって、そう思う？」

女ってやつは……。僕はあきれた。ものすごいことを平気で言う。

「答えてよ」

ふりむいて、都は言った。

僕は長いこと考えて、そして――首を横にふった。

「何が怖いって、あいつに軽蔑されるのが一番怖いんだ。それに、俺がどれだけ真剣だって、誰でもが君みたいに考えてくれるわけじゃないもんな。うん……。やっぱり、できないだろうと思うよ。あいつをそんな出口のないようなところへ引きずり込むことはできない。どんなにそうしたくても」

都の目もとに、微笑が影のように漂った。

「たぶん……そう言うんじゃないかと思ってた」

「なら初めから訊くな」

「かわいそう。そうやってこれからも悶々《もんもん》と夜を過ごすわけね」

「お前、面白がってないか?」

僕のむっとした顔を見て、都は今度は声をたてて笑った。再び、窓の方を向く。燃えさかる炎を見下ろしながら、彼女は言った。

「あたしね。初めての男が忘れられなくて、いつまでもぐちゃぐちゃやってる自分が、イヤでイヤでしかたなかった。それで、あの写真を展示したの。秘密とか悩みなんても の、一人で大事に抱えてるから、なおさら重たくなってっちゃうのよ。いったん人目にさらしてしまえば、いやでも客観的に見られるようになるわ。停学にはなったけど、おかげでスッキリした。芸能レポーターみたいにいろいろ訊いてくる連中に向かって、今朝からずっと、『それがどうしたのよ』って態度とりつづけてたら、何だか自分でもそう思えてきちゃった。北崎みたいな不良中年の一人や二人、それが何なのよって」

首をめぐらして僕を見上げ、にっこりと笑ってみせた都を、僕は感心して見つめた。今の彼女には、不思議に透徹した感じのきれいさがあった。彼女のほうが、たぶん、僕より強い。

「ねえ、今晩何か予定ある？」

「いや。何で？」

「二人で飲みにいかない？」

「俺まで停学に巻きこむ気か？」

「お店じゃなければ、大丈夫、見つからないわよ。缶ビールかかえて堤防へ行って、失恋パーティーするの。流木集めてたき火焚《た》いて、毛布にくるまって、季節はずれの花火でも打ち上げて。どう？　いい考えでしょ？」

返事に窮《きゅう》した僕が、ようやく口をひらいたそのとき……

頭の上の蛍光灯がチカチカ光っていっせいについた。

「こら！」

ふりむくと、沼口だった。

「工藤、お前帰ったんじゃなかったのか！」

沼口は、ずかずか入ってきて都のひじをつかんだ。

「まったく、こそこそと二人きりで、何をしとったんだ？」

「別に。ちょっと話をしてただけです」

と僕は言った。

「こんなところで電気もつけんとか。どんな話だかわかったもんじゃないな。ええ？」

都は沼口の手をふりはらった。

「いったい、何がおっしゃりたいんですか？」

ベッドの上の写真をさっさとバッグにしまいながら言う。

「すぐそうやって変なふうに勘ぐる先生のほうが、よっぽどいやらしいと思うわ」

沼口の目がみるみるつり上がった。顔を真っ赤にして都の耳をひっつかむ。

「生意気を言うな、このあばずれが！」

引きずられる痛さに悲鳴を上げながらも、都は僕と目が合うなりひらひらと手をふって笑おうとした。

「さっきのこと、約束だからね」

「工藤お前、停学を延ばされたいか！」

沼口の声は、すでに保健室の外の廊下で聞こえている。

あっという間に一人とりのこされた僕は、やがて、ぼうっとしながらベッドに腰をおろした。頭ががんがんして、何だか知らないが体の芯からくたびれきっていた。自分の両手に目を落とす。

あのラグビーボールさえ、やすやすと片手でつかみあげる頑丈な指。手首から腕にかけての発達した筋肉、盛り上がった肩、いつのまにか分厚くなった胸板。女の腰より太い腿《もも》と、その間に在る男としての証《あかし》。

満足できるだけのものは何もかも一揃《ひとそろ》いそろっているというのに、どうしてこの上、自分と同じ男なんかに惹かれなければならないのだろう？　いったい、どうして……。

ふと、足もとに一枚だけ写真が落ちていることに気づいて、僕はそれを拾い上げた。くしゃくしゃのそれにしばらく見入る。

こうしてあらためて見ても、宏樹はやっぱり最高だった。彼が体じゅうから放っている何かが、僕をぐいぐい引き寄せるのだ。葉山響子も、同じものに引き寄せられたのだろうかと思い、僕は唇を噛《か》んだ。

もう――もう、いいかげんに終わらせなければ。たとえ都の言うように、これが異常なことではないとしたところで、こんなにやりきれない想いに一生つき合えるほど、僕はタフには出来ていない。

都の残していった「約束」が耳もとでよみがえる。

（この薄ら寒いなか、わざわざ堤防の吹きっさらしでビールか？）

思わずくすっと笑いがもれた。こうして笑えるということが、自分で不思議だった。

奇妙な開き直りが僕の中に生まれていた。人目にさらせば軽くなる、と都が言っていたのは、これだったたのだろうか。ファインダーを通して僕の胸の内をのぞき見ながら、彼女はずっとさっきみたいなことについて考えをめぐらし、いつか僕にそれを話す機会が来るのを待ち続けていたのだろうか。

僕はため息をついた。

膝の上の写真に最後の一瞥《いちべつ》をくれると、それを再び手の中でぎゅうっと丸め、壁ぎわのくずかごに向かって狙いを定めた。一瞬息をこらし、そして、投げる。紙つぶてはなだらかな弧を描いて、ストン、とくずかごの中に姿を消した。

「――試合終了《ノーサイド》」

誰もいない隣のベッドに向かって、そっとつぶやいてみる。

声がかすれてにじんだことに、僕は、気づかなかったふりをした。

第2章

◆

どうして家に入れてしまったのだろう。彼が抱えていた紙袋の中身になんて、たいした未練はなかったはずなのに……。

あたしは今、とっくに縁を切った男のために、キッチンに立ってコーヒーを淹《い》れている。頼まれもしないのに、彼好みの思いきり苦いマンデリンを。ばかな女を絵に描いたみたいだ。

逢《あ》わなくなったのは九月の終わりだった。それから三か月近くもたった今になって、彼……北崎毅がこうして訪ねてきた理由が、あたしにはわからなかった。口で言うように、本当に「お前の忘れていったものを届けに来ただけ」なんだろうか。二十日ほど後《のち》に迫った海外取材のために機材を準備していたら、未整理の資料やネガにまじってあたしの写真が出て来たのだと言う。

あたしの写真——。

もちろんそれは、あたしを撮った写真、という意味じゃない。つき合っていた一年あまりの間、北崎はただの一度もあたしを撮ったことはないし、撮ろうとしたこともない。だから、あの紙袋の中に入っているのは、そのころあたしが撮りためて、北崎の部屋で現像した写真の束のはずだった。最後に部屋を出る時、それだけはどんなに探しても見つからなくて、あきらめるしかなかったのだ。

彼から離れようと一人で決めて、あたしは彼との写真を撮った。わざとカラッポな顔をつくって、素っ裸で彼にからみつきながらレリーズを押した。彼との時間がそこにあったという事実を、形に残しておきたかった。

嫌いになったんじゃない。嫌いになんかなれるわけがない。本当はまだ、めちゃくちゃ好きだった。でも、そのままずるずる彼といたら、あたしはあたし自身を大嫌いになりそうだった。

主人のご機嫌を窺《うかが》い、ちょっとかまってもらったといっては狂喜し、ほんの時折気まぐれで投げられる餌を待ちわびて、卑屈な目であたりをうろつく犬だ。あたしは犬にはなりたくない。

寝ている彼を起こさないように、そろそろとベッドをすべり抜け、泥棒みたいに息を殺しながら床に落ちている服を拾い集めたあの午後――ブラインドの間からは夏の終わりの日ざしが斜めに細くさしこんで、北崎のそげ落ちた頬に縞模様をつくっていた。彼が三十七という年相応に見えるのは、眠っている時だけだった。ふだんは、眉間《みけん》でつながった濃い眉と吊《つ》り上がった油断のない目つきのせいで、年よりもいくらか若く見える。

　制服の半袖ブラウスのボタンをひとつずつとめながら、あたしはじっと彼の寝顔を見おろしていた。クーラーのきき過ぎた部屋は、服を全部着終わってもまだ腕に鳥肌が立つほどだった。

　初めのころ北崎にもらった一眼レフと、その日一緒に撮った三本のフィルム。それだけを持って、部屋を出た。

　別れ話なんてもの、あたしたちの間にはなかった。そもそも、「つき合っている」と言えるほどの間柄だったのかどうかもはっきりしない。

　はっきりしているのは、とにかくあの日以来北崎からは一度も連絡がなく、あたしは自分で決めて彼の部屋に行かなくなったくせに、こうして逢うとなぜか棄《す》てられた女のような気持ちを味わっているという、そのことだけだ。こちらから決着をつけてやったようなつもりでいたけれど、いま思えば、別れを相手の口から切り出されるのが怖さに、先まわりして離れただけのことだったのかもしれない。

「……ばかみたい」

独り言が口をついて出た。

しっかりしなさいよ、都。あの写真を文化祭に出したのは、いったい何のためだった？　隆之と話した時だって、あんた、後悔なんかしてないって、えらそうに啖呵《たんか》きったんじゃなかったの。

それならさっさと追い出せばいいものを、あたしは執拗なほどていねいにコーヒーを淹れて、居間のソファに座っている北崎のところへ持っていった。

「こりゃ意外だな」

目の前に置かれたカップに向かって彼は言った。

「歓迎してもらえるとは思わなかった。毒でも入ってるんじゃないか」

「毒？」

信じられないとばかりに訊き返してやる。

「身に覚えでもあるわけ？」

北崎は口もとをゆがめて肩をすくめた。

ときどき人気俳優の誰だかに似てるとか言われて、本人はひそかに気を良くしているらしいけど、あたしは全然そう思わない。彼は、誰にも似ていない。あえて言うなら……そう、ジャッカルに似ている。アフリカのサバンナにいる、狐《きつね》と狼《おおかみ》のあいのこみたいなあれだ。あれは、腐肉をあさる。

ふいに、彼が目を上げた。

「そういえば、おめでとうを言うのを忘れていた」

「――知ってたの？」

「今月号に載ってたろう。応募総数が五千……？」

「と、七百」

「ほう。たいしたもんだ」

同じ言葉でも、隆之から聞かされるのとは全然違った。北崎に言われると、ばかにされたような気がしてしまう。

要約すると、こういうことだ。

その雑誌の主催するフォト・コンクールは、歴史がわりに古くて実績もあって、プロの写真家を目指す人々にとっての登竜門とされている。あたしがそこへ出してみたのは、隆之を撮った三枚の組写真だった。

春、さらさらとした日ざしに照らされながら、頭の中身がどこかへとんでしまったかのような無心な顔で海辺を走る隆之。波しぶきと汗は空中で混じり合って、どちらがどちらとも区別がつかない。

二枚目は、今にもキックに移ろうとしている瞬間の隆之。仕掛けた罠《わな》の緊張感を体じゅうにみなぎらせて、立ちのぼる陽炎《かげろう》の中、人食い虎みたいな眼《め》で地面に立てられたボールをにらみつけている。

そして三枚目は、秋の終わり。競《せ》って競ってとことん競り合って、けれどとうとう負けてしまった最後の試合の後、目尻にたった一粒だけ涙をにじませ、白い息とともに空へ向かって吼《ほ》えた隆之の横顔だった。

審査員特別賞の受賞を知らせてきた電話で、編集の人は応募用紙に書いてあったあたしの名前や年を確かめ、他のコンクールに二重応募をしていないかどうか念を押してから、最後にこう言った。

「で、この道でやっていく気はあるわけ?」

そして、今までに撮りためたものがあるならぜひ一度見せてもらいたい、あるいは今撮りたいものがあるならそれでもいい、自由に撮ってみてほしいと言った。もし別の雑誌などから何らかのコンタクトがあったとしても、とにかくまずうちに見せてほしい。悪いようにはしないから、と。

保護者について訊くので父の名前を言ったら、何だか知らないが慌てていた。本気で「悪いようにはしない」つもりになったとしたら、その時点でだったんじゃないかと思う。あんな父親でも、たまには役に立つものだ。

「親父さんはまだドイツか」

カップを口へ運びながら、彼は言った。

「どうして知ってるの？」

「二、三日前のテレビに出てた」

自分がおんなにした娘の父親を画面で見るとき、この人はどんな感想を持つのだろう。知りたい気がした。

「途中しか見なかったが、ちょっといい曲だった」

ジャズ以外は聴かない北崎にしては珍しい。

「ラフマニノフの二番よ」

と、あたしは言った。

ロシア国民楽派からの一連の流れは、父の最も得意とするところだ。ボロディン、ムソルグスキー、リムスキー・コルサコフ、チャイコフスキー……。民族色の濃い、どちらかというと洗練されているとは言えない不器用な感じの旋律を、父は指揮棒の先ひとつで、憂愁に満ち満ちたドラマティックな音楽へと変貌させる。

三日前の放送は、いつもよりアップの画面の割合がかなり多かったような気がする。ああいうのもやっぱり、ディレクターの好みに左右されるものなんだろうか。

カメラはまず、バイオリンの上で二重になったコンサートマスターのあごをアップでとらえ、髪を振り乱したユダヤ人の男性ピアニストの手元に移ってその超絶技巧を映し出し、そこからぐっと引いて右の方へとゆっくりパンしていく。数知れない弦楽器の弓が、風に吹かれた葦《あし》のようにいっせいになびく。上目づかいの管楽器たち、青い瞳のホルンのふくらんだ頬、主旋律を奏でるピアノと官能的にからみ合うバイオリン、ビオラ、チェロ、コントラバス。

その合間合間に、オーケストラ全体を完全に掌握している父の、あらゆる角度からのアップがはさみ込まれる。自分の紡ぎ出す音の織物を自在に束ね、また広げ、うっとりと酔いしれる横顔は、とくに額から鼻にかけての線があたしとよく似ている。

第三楽章の最後の音の余韻が消えた、たっぷり二秒後。観客は総立ちになって拍手を始めた。滴り落ちる汗を拭き拭き、父は壇を降り、ピアニストやコンサートマスターと固い握手を交わし、観客席に向き直って片手を上げる。拍手がさらにクレッシェンドする。舞台の下から手渡される大きなバラの花束。タイトルバックの文字が浮かび上がる。ラストは、満面に笑みを浮かべた父のアップの静止画像……。

あの人を指揮者に持ったオーケストラは最高に幸せだろうけれど、父親に持った娘からすれば、たまったものではなかった。この世の中に、親になるべきでない人間がいるとするなら、父はたぶんその典型だと思う。父だけじゃない。北崎もたぶん、その部類に入るはずだ。

どうしてそういう男たちにばっかり惹かれてしまうのだろうと思うと、悔しさを通り越して情けなくなる。父親らしいことを何ひとつしてもらった記憶がないのにもかかわらず、それどころか母を裏切って死に追いやったにもかかわらず、あたしはやっぱりあの父を愛しているのだ。とても。

「つっ立ってないで座ったらどうだ」

と北崎が言った。あごをしゃくって自分の横を指し示す。

「あたしの家よ。大きなお世話だわ」

強がってみても、コーヒーまでお出しした後では何の迫力もない。

「半月もすれば冬休みか。うらやましいね」

北崎はすっかりくつろいだようすでソファの背によりかかった。あいかわらず憎らしいくらい魅力的だ。我慢ならないのは、彼自身がその魅力を充分自覚していること、そしていまだにあたしがそれに抗《あらが》えないでいるのに気づいていることだった。

「ずっと一人だったのか」

「典子《のりこ》さんがいるわ」

「誰だって？」

「通いの家政婦さんよ」

北崎は、ちらりと壁の時計に目をやった。六時。窓の外は暗い。

「出かけてるだけ。すぐ帰ってくるわよ」

嘘をついた瞬間に後悔した。

北崎はことさらにゆっくりとコーヒーをすすり、あたしの言葉はすっかり黙殺された形になった。何を恐れているか見抜かれてしまったと思うと、よく動く舌をかみ切ってしまいたいくらいだった。

「悪いけど……」

と、あたしは言った。

「それ飲んだら帰ってくれない？」

「典子さんってのは、そんなに美人なのか」

「なに？」

「会わせたくないらしいからさ」

笑う気もしない。

「六十過ぎのおばさんよ」

と、あたしは言った。

「だけど、聞かせてもらいたいもんだわ。彼女がたとえすごい美人だったからって、どうしてあたしが会わせたがらないなんて思うの？」

北崎は口もとに皮肉な感じの笑いを浮かべながら、コーヒーの残りを飲みほした。

「もう一杯もらえないか」

「あいにくここはデニーズじゃないのよ」

「体が冷えきってるんだ」

知ったことじゃないわ、とそっぽを向いた。そんなふうにすればするほど、彼の目からはまるで拗《す》ねた子供のように見えているだろうことに苛立《いらだ》つ。こんな時、いったいどうふるまっていいのかわからないのだ。あたしは十八歳という自分の年齢を呪った。こんなの、荷が重過ぎる。

「ねえ、帰って」

と、あたしは言った。これが自分の声かと思うほど弱々しい声しか出てこない。本当に帰ってほしいのかどうかさえ、わからなくなりかけていた。

ふいに北崎が立ち上がり、あたしは思わず身がまえた。やせているし、それほど背の高い男でもないのに、まっすぐに立つと異様な威圧感がある。

彼は、カップを片手に持ったままあたしの横をすり抜けた。

「何するの」

「自分で淹れるさ」

大股にキッチンへ向かおうとする彼に、

「やめて！」

あたしは慌てて追いすがった。

「やめてよ、わかったわ、あたしがするから座ってて」

北崎は立ち止まり、奇妙な動物を見るような目であたしを見おろした。

「……散らかってるの。だから、あたしがする」

答を聞くより先にカップをもぎ取り、キッチンへ逃げ込む。

ここを「城」と呼べるほど料理に命をかけたことなんかないけれど、同い年の女の子たちに比べればよくやる方だと思う。毎日の食事の支度は、たいてい典子さんではなくあたしが自分でやっていたし、父親がこっちにいる時はそれなりに腕によりをかけた。何がどこにしまってあるかということも、きちんと把握している。気にいったコップに花を生けて、窓辺に飾ったりもしてある。そういう場所に勝手にずかずか踏み込まれるのは、靴のまま自分のベッドに乗られるのと同じくらい厭《いや》だった。北崎には理解できない感覚かもしれない。

いつだってそうだった。北崎は、あたしの気持ちや都合なんかにはまるでおかまいなしに、自分の好きな時に好きなことを、好きなようにやった。あたしは彼が向きを変えるたびに遠心力でぶんぶん振り回されながら、それでも死に物狂いで彼にしがみついていた。

人間は、めったに本質的には変われない、という人がいるけれど、それがもし本当だとしたら悲し過ぎる。あたしは北崎と一緒にいるかぎり、死ぬまで振り回されることしかできないんだろうか。そして、北崎も……？

冷めかけていた笛吹きケトルをもう一度火にかけ、メリタの濾紙《ろし》の隅を折り曲げて挽《ひ》いたばかりの豆を入れる。自分で思っているより動揺しているらしく、指が思うように動いてくれなくて、流しにポットのふたを落としたりカップをぶつけたりしてしまう。

何度めかで、ガチャンと派手な音をたてた時だった。背中ですうっと空気が薄くなったような感じがして、振り向くと、彼が立っていた。

「来ないでって言ったじゃない」

なぜか目を合わせられなくて、あたしはうつむいたまま言った。

「きれいに片づいてるじゃないか」

彼はからかうような調子で言った。

「やけを起こして、食器を端から割ってるのかと思った」

近づいてくる北崎のスリッパを見つめる。玄関先で、家にも上げてもらえないのかと言われて、ご丁寧にあたしが自分でそろえたのだ。この人にスリッパって、何だか全然似合わない。そんなちぐはぐな考えが頭の隅をよぎる。

「なんであたしが、やけなんか起こすのよ」

「訊くだけ野暮ってものだろう」

「自惚《うぬぼ》れもいいかげんにして。あんたのことなんか、もう全然、何とも思ってやしないんだから」

ああ、なんでこんな子供じみたことしか言えないんだろう。北崎はもう目の前に立っていて、あたしの胸の先は彼のみぞおちにくっつきそうだ。動けなかった。

「そうかな」

北崎の声が、頭の上から降ってくる。彼はあたしのあごに手をかけた。

「それじゃなんであの時、わざわざ俺の部屋のクーラーを停《と》めてってくれたんだ?」

黙っていると、彼は煙草《たばこ》の吸い過ぎでがらがらにかすれた声で、あたしの耳もとにささやいた。

「意地を張るなよ」

かちんときてにらみ上げたそこに唇があって、あ、と思ったとたん、何も見えなくなった。彼は唇ひとつであたしを金縛りにした。煙草の匂いが、鼻と口の中いっぱいにひろがる。

逃れようと思えば簡単にできたはずだし、頭の隅ではそうしなければいけないこともわかっているのに……あたしは、崖っぷちに追いつめられた映画のヒロインみたいに膝をがくがくさせながら、お尻にあたっている冷たい流しのふちを両手で握りしめていた。

笛吹きケトルがけたたましい音をたて始める。

北崎は片手をのばし、ツマミをひねって黙らせると、あたしの腰を抱きかかえるようにして居間に戻った。ソファの上で体が弾んで初めて、はっと我に返る。

「何すんのよ！」

窓のカーテンをシャッと引いた北崎を、あたしは気力を振り絞ってにらみつけた。近づいてくる彼から逃げようと跳ね起きたところを、ポニーテールをつかんで引き戻される。

「やだッ！　放して！」

北崎は、やせた体からは信じられないような力であたしを抱きすくめ、ソファの足もとにひきずり倒した。頭の後ろを床に打ちつけて、一瞬キーンと目の奥の神経が痛み、気が遠くなりかける。

必死に手足をばたつかせながら、あたしは叫んだ。

「典子さんが帰ってくるってば！」

「嘘をつけ」

「ほんとだったら！」

北崎はもう返事をせず、あたしの両腕をひとつにまとめて左手でおさえると、右手でセーターをたくし上げた。裸に剥かれたおなかを、飛びあがるほど冷たい北崎の手が撫で上げる。全身で跳ねて抵抗することがつまり、彼への協力になっていると気づいた時には遅過ぎた。セーターが襟巻きみたいに首のまわりで丸まる。

やめて、と叫ぼうとして開いたはずの口は、でも、土壇場であたしを裏切った。鳥肌だった胸の先を熱い口に含まれたその瞬間、あたしは天井に向かってあられもない声を上げていた。驚いたのは、北崎よりもあたしの方だった。

延髄を食いちぎられた鮭《さけ》のように、からだからすべての意志が抜け落ちる。かわりに背骨を走りおり、足の指の先の先までを貫いたのは、電流のような快感だった。

せめてあと少しの間くらい、真似《まね》だけでも抵抗を試みればよかったのかもしれない。もれそうになる声をかみ殺し、かわりに泣いたり叫んだりすればよかったのだ。

でも、はじめにあんな声を聞かれてしまった後では、そういうことのすべてはナンセンスだった。

あたしはやがて、恥も意地もかなぐり捨てて、北崎の体にすがりついていった。彼が加えてくる仕打ちのひとつひとつに、翻弄され、すすり泣き、うちひしがれ、狂喜していた。気がつくと、彼が服を脱ぐのに手を貸しさえしていた。

北崎はあたしに、会いたかったと言わせ、抱かれたかった、こうされたかった、ずっと後悔していたと言わせ、ほかにも思いつくかぎりの恥ずかしい言葉を無理やり言わせようとして、結局すべてに成功した。無理やりにではあっても、彼があたしに言わせた言葉のほとんどはまぎれもない事実だった。事実と違うものがあるとすれば、それは、別れたことを後悔しているという言葉だけだった。あたしが後悔しているのは、彼と別れたことではなくて、出会ったことだったからだ。

達する直前に頭の中にどんな情景が浮かぶかというアンケートが、この間美容院で見た女性誌に出ていたけれど、その時あたしの頭に浮かんだのは外国の美しい城でもなければ、海でも雲でも草原でもなかった。ただ、クラスの女の子たちの無邪気な顔、あの屈託のない笑い声と、さえずるようなおしゃべりだけだった。

はじける瞬間、北崎は最後に一度だけ、「都」とあたしの名前を呼んだ。たったそれだけのことに、あたしは息が詰まるほどの屈折した満足を覚えた。

目尻ににじんだ涙を見て、痛かったのか、と的はずれなことを訊く。首を横にふりながら、それが今日彼があたしにかけてくれた唯一の優しい言葉であることに気がついて、よけいに涙があふれそうになり、慌てて歯を食いしばる。

用意したみたいに応接テーブルの下に置かれていたティッシュで、北崎は自分とあたしの後始末をし、無表情に服を着た。いつのまにか首から抜かれていたセーターを、ぽんとほうってよこす。

安っぽいポルノのシナリオを演じさせられたような気がして、あたしは唇を噛んだ。敏感になった胸の先を、セーターの毛がちくちく刺した。

北崎が帰ってからもしばらくの間、あたしはその格好のままで、白い折り上げ天井を見つめていた。そんなに高い天井だったなんて知らなかった。手足も腰も、水を吸いこんだ綿布団のように重い。

こんなことまでされて、本当なら殺したいほど彼を憎んでもいいはずなのに、あたしはそれよりも、どうして彼がここへ来たのかを考えている。写真を持って来たなんていうのは口実で、本当は彼の方もずっとあたしに会いたかったんじゃないか、忘れられなかったんじゃないかなんて、ばかなことを信じたがっている。

そうじゃないのはわかっていた。北崎は、自分のものじゃなくなったから、またあたしが欲しくなっただけなのだ。あたしに対する影響力がまだ有効かどうか試しに来て、結局大いに満足して帰って行っただけのことだ。女の側から、それも十八の小娘から引導を渡されるなんて、彼にとっては屈辱以外の何ものでもなかったのだろう。

のろのろと起き上がって、ソファのへりにもたれる。身動きした拍子に、からだの奥からあふれてくるものがあった。ああ、北崎だ……と思ったとたん、足の指がそり返るような感覚が全身を走って、ぶるぶるっと身震いする。彼は、あたしにとっては麻薬も同じだった。

ぐうっとのどがせばまって、吐き気がこみあげてくる。彼の声や仕草を思い出すまいとして、中毒患者みたいにのたうちまわってきたこの三か月は何だったんだろう。自分を見せ物にしてまで彼とのあんな写真を展示した、あれはいったい何だったんだろう。

人目にさらしてしまえばふっ切れるんじゃないかと思っていた。でも、人目にさらすことでしやすくなったのは、ふっ切れたふりと強がりだけだった。

この体はあたしの体のくせに、あたしの言うことはきいてくれない。自分でも思ってもみなかったほど、あたしは彼に狎《な》らされてしまっていた。まだ、満足してない。こんなにひどいことをされてもなお、体は……気持ち以上にからだは、北崎を欲しがって震えているのだ。

汚い。こんなの、やだ。こんなの、あたしじゃない。

立ち上がって、よろよろしながらバスルームに走り込む。シャワーの蛇口をひねると、凍るような水が頭の芯と肩に降り注ぎ、脇腹や背中を伝って足の間へと流れていった。水がだんだんと熱いお湯に変わっていく間、タイルの壁にすがって、じっとその下に立ちつくしていた。

ほどけた長い髪が目の前にたれさがって、まるで死人みたいだ。

足の間にそっと手を伸ばす。不快なぬるみがお湯に溶けて流れていく。

我慢できなかった。

あたしはしゃがみこむと、暗い排水口に向かって、泣きながら吐いた。

♠

奴《やつ》に触れるには、勇気がいった。だが、このまま触れないでいる勇気も、僕にはなかった。震える手をようやく伸ばして、ぐっと手首をつかむ。骨張っているが、僕のそれよりは少し細いような気がした。

不思議そうな目をして、宏樹の奴が問いかけるように僕を見る。くっきりした二重まぶた、小犬みたいな真っ黒な目の玉、整った眉。髪が、汗で額にはりついている。ファッション雑誌の男性モデルでもつとまりそうな顔だったが、僕が惹かれたのはもちろん、そんなものにではなかった。

肩をつかむ。汗で指がすべる。漁師のように浅黒く日焼けした肌。張りつめた胸の上の方に、水がたまりそうなほど深い鎖骨のくぼみがあって、肩と首とを斜めにつなぐ筋肉はまるで、大木の根っこのようにがっしりとしている。ぞくぞくする。血が、徐々にある一箇所に向かって集まり始める。ためらっていると、反対に奴の手が伸びてきて僕の腕をつかみ、すっと引き寄せた。信じられない。心臓が暴れ狂って、口からはみ出そうだ。

奴の熱い体温、少し速くなった息づかい、汗と入り混じった体臭、ぬめらかな筋肉の感触……。全部が一緒くたになって、僕の脳みそをぐちゃぐちゃに掻《か》き回していく。奴は身じろぎもせずにしげしげと僕を見つめている。僕は下腹部に、痛みにも似た疼《うず》きを感じ始め、それはだんだんと螺旋《らせん》の上昇曲線を描いて強くなっていき、腰から太腿にかけてが痺《しび》れだし、やがてどうにも我慢できなくなる。
力まかせに奴を引き寄せる。それ以上どんな表情も見ないで済むように後ろ向きにして抱きすくめ、暴れるのをおさえこんで、何をどこにどうしたのかわからない、
馬鹿野郎、そんな無防備な目をしやがって、そんな目で見るのがいけないいんだ、
俺はお前が思うような人間じゃない、お前の信頼になんか値しない、
何もかも、どうにでもなれ、このまま、
ぜんぶが、
終わってしまえば、
いいのに、
壊れろ、
壊れちまえ、
畜生、
畜生、
……畜生！

——世界が砕け散った。


隆之。

宏樹が呼んでいる。

隆之。

声が高い。宏樹にしては声が……。

無理やり瞼を押し上げる。


「隆之！」

一瞬、真空の中に僕はいた。頭にあるものと目で見ているものとが、テレビ画面のゴーストのように気色悪くズレている。

何秒かかかってようやく焦点が合ってみると、ベッドの足もとにおふくろが立っていた。

「隆之、あんたに電話。まったく、何べん呼んだと思ってるの」

おふくろは珍しくふざけた調子で、

「ほら、もういいかげんに起きなさいよ」

布団の端をつかんで勢いよく引きはがそうとした。

「やめろよ！」

ビクッと飛び上がったおふくろの竦《すく》んだ目を見て初めて、自分が出した声のただならなさに気づく。

「な……によ。そんな大声出すこと、ないでしょう」

おふくろの顔がみるみるひきつる。力が抜けたその手から布団を引ったくり、しっかりと腰のまわりに引き寄せながら、僕は苦い気持ちで目をそらせた。

「電話、誰」

「……知らないわよ。女の子よ」

僕に電話をかけてくる女といったら、都しかいない。

「あとでかけ直す」

おふくろは返事もせずに部屋の入口へ戻りかけ、途中でふりむいて言った。

「隆義《たかよし》は、そんなじゃなかった」

あきれるくらい抑揚のない、冷たい言いかただった。噛んでいたガムを吐き出して、ペトッと壁にくっつけるみたいな感じの。

言葉そのものよりも、その口調と、さも傷ついたと言いたげな被害者じみた目つきの方がこたえた。

出ていくおふくろの背中に怒鳴る。

「閉めてけよ！」

シンとしている。くそ、とつぶやきかけた時、ドアがまるでホラー映画みたいに静かに動いてぱたん、と閉まった。

深いため息を吐いて、枕にどさりと頭を沈める。時計を見ると、なるほど、「いいかげんに」と言われても仕方のない時間ではあった。

首をねじ曲げ、ベッドの脇の机に手を伸ばしてティッシュの箱を引き寄せる。太腿の間に、もう何度か覚えのある生ぬるい不快感が走った。

自己嫌悪なんていうひと言でかたづけられるほど、なまやさしいものじゃなかった。起き上がる気力すらない。息をするのも億劫《おっくう》で、このまま足の先から順番にぶよぶよにふやけて崩れてしまいそうだ。

情けなさに涙が出そうになりながらティッシュを丸めて、後でトイレに流そうと、枕の下に入れる。何回言っても、おふくろは性懲《しょうこ》りもなくごみ箱の中身を回収に来る。兄貴だったらいちいち文句も言わず、黙ってしたいようにさせておいたのだろう。それも親孝行のうちさ、とでも言って笑ったかもしれない。

おふくろの捨て台詞《ぜりふ》を思い出すと、舌打ちがもれた。

とっくに死んじまった兄貴と、今さら比べてどうしようっていうんだ。

親父の価値観はたったひとつで、しかも我が家では絶対だった。おふくろはいつだって右に同じだ。

東大を出ただけが自慢の親父に言わせれば、ラグビーは「脳みその軽い人間のやる下らない玉遊び」に過ぎず、おふくろはそれに「野蛮な」という形容までわざわざ追加してくれた。成績ではなしにラグビーで大学に入れてもらうなどというのは「身内の恥」で、国公立でないのも親父の気にいらず、なんでも僕は鷺沢の家の「面汚し」なのだそうだ。

ばかばかしくてまじめに腹を立てる気にもならなかったが、ただ、恥だの面汚しだのという親父の指摘は、別の意味では当たっているのかもしれなかった。

もう、どうすればいいのかわからない。

宏樹はまぎれもなく男で、もちろん僕も男で、僕らははるか昔から友達同士だった。寝小便をしていたころから互いのすべてを知っていて、奴は僕にどんなことでも打ち明けてくれたし、僕もそうしてきたのだ。たったひとつのことをのぞいては。

いいかげんにふっ切ろうとは、ずいぶん前に決めた。都にもそう宣言した。

だが、決めただけでふっ切れるなら、はじめからこんな苦しいところまで来なくたって済んだはずだった。

土日でも、午後練だけは毎週ある。

房総とはいえ、冬の朝はやはり寒い。寒いのがいやなのではないが、体が冷えていれば故障も起きやすくなる。練習が午後からなのは、予期し得る危険は回避すべきだという監督の方針によるものだ。

昼過ぎに集合して、まずは屈伸で体をほぐし、腹筋・背筋・側筋・スクワット・腕立て伏せのそれぞれ三十回からなるセットを連続七セット繰り返し、それから砂浜沿いの往復五キロに及ぶジョギングコースを二十分台で走りきる。

海の色って毎日違うでしょ、などと都は悠長なことを言ってくれるけれど、そんなもの見ている余裕なんかない。頭にあるのは、何としてでも後輩どもに抜かれまいという意地と、冷たい風を吸って猛烈に痛む肺がこのスピードで最後までもつかという心配だけだ。

グラウンドに戻って整理体操、続いてスクラム、パス、キック、ダッシュ、タックル、そしてフォーメーション練習に移る。夕方、もう一度五キロのランニングと七セットをこなし、整理体操、それでようやく解散。

これをしつこく繰り返す。

ときどきは部員全員をタテに割って紅白試合をやり、向上した点と問題点をミーティングで研究する。技術と持久力が、じりじりとだが確実にアップしていき、体が出来上がっていくのが自分でもわかる。大工が素材にこだわりまくって自分の家を建てていく喜びに、どこか似ているかもしれない。僕や宏樹が、もう大学への推薦も決まって部からは引退したにもかかわらずこうして練習に顔を出すのは、その楽しみを知っているせいだ。

夕陽が校舎の陰にかくれ、部員たちの額からまぶしい縦じわが消える頃になると、監督はようやく終了の笛を鳴らした。半日転がりまわって、生きた泥人形と化した僕らの体からは、白い湯気がオーラのように立ちのぼっている。今日はこの冬一番の冷え込みだそうだ。

ラインの向こうのフェンスのそばに、都が来て立っているのには、しばらく前から気づいていた。肩に小さい革のリュックをかけ、一眼レフを構えているのもいつものことだ。

彼女がこの一年というもの、一貫して撮り続けているのはこの僕だった。どこがいいんだかさっぱりわからないが、都に言わせれば僕という被写体はものすごく「そそる」のだそうだ。

彼女が僕ばかり撮りまくるせいで、まわりはもうすっかり僕ら二人をカップルだと思い込んでいる。いちいち否定してまわるのも面倒だし、それじゃあ何でお前ばかり撮るんだと訊かれて説明するのももっと面倒なので、そのままにしていた。噂《うわさ》したい奴はすればいいのだ。

走っている時でも転がっている時でも、都のシャッターの音は、耳の底から離れなかった。実際に聞こえるわけはないのだから、それは僕の想像というか、幻聴に過ぎない。ただ、撮られている、覗かれているという感覚は、このごろではどういうわけか妙に僕を興奮させ、ハイにさせる作用があった。

疲れた足を引きずって三々五々部室へ戻っていく仲間たちから離れようとすると、

「いいッスねえ、先輩」

と声をかけられた。僕に代わってフルバックを務めるようになった二年の山内《やまうち》だ。

「オレも早くカノジョが欲しいッスよォ」

聞きつけた杉原《すぎはら》が、

「バカたれぇ、顔と相談しろぉ」

とヤジり、その肩につかまった宏樹がそっくり返ってげらげら笑った。

僕は手を上げて彼らと別れ、フェンスに近づいた。

「誤解されてるぞ」

と都。

「させとけば」

私服の都は、いつもに輪をかけて目立つ。この寒い日に、思いっきり潔く腿を出した紺色のショートパンツ、足もとは白のバッシュー。霜ふりグレーのTシャツの上にタータンチェックのネルシャツを重ねて、左胸にエンブレムの入った裏ボア付きのヨットパーカーを着ている。切れ上がった瞳と小作りな顔に、少年のようなその格好がよく似合っていた。

「なんか今日、元気なかったね」

と都が言った。

「絶不調」

「どうしたの」

「別に。そんな日もあるさ」

「ふうん」

フードなんかかぶって変なやつ、と思ったら、風がそれを脱がした。

「何だお前、その頭！」

都は寒そうに首をすくめ、背中のフードをたぐり寄せてかぶり直した。

「すっごいスースーするのよね」

そりゃそうだろう。腰まであった髪をいきなり僕と大差ないショートにすれば、スースーして当たり前だ。

「頭、軽いだろ」

「うん。首がすわんなくてぐらぐらする」

「失恋が原因にしちゃあ、反応がトロ過ぎやしないか？」

「別にそんなんじゃないわよ」

「お前こそ、何かあったのかよ」

「何かないと切っちゃいけないの？」

「違うよ」

僕は首を振った。

「お前、顔がすげえ青い」

「……そうかな」

「今朝の電話ん時から、なんかおかしいぞ」

都は、居心地の悪そうな顔で黙っている。

「まあいいけどさ。そりゃあそうと……」

僕は話を変えた。

「お前、あんまし見に来んのやめろよ」

「なんでよ。からかわれるの、いや？」

「違うって。お前が見てると、なんかよけいにアイツのこと意識しちまうんだよ。タックルがかけにくくてしょうがない」

「どうして？」

「抱きつき魔だと思われてやしないかとか、気になる」

僕の苦しまぎれの冗談に、都は初めて笑った。一眼レフを反対側に抱え直す。

「そうやって自分を道化にするクセ、やめなさいよ」

と彼女は言った。

「いいのよ、あたしの前でそんな無理しなくたって。着替えてくれれば？　橋のとこで待ってるから」

せきたてるような調子などまったくなかったのに、何となく落ち着かない気分にさせられて、ダッシュで部室に戻った。

やっぱり、何かあったのだという気がしてならなかった。口に出しては言わないが、都はそれを感じとって欲しがっている。駆け引きとかそんなんではなくて、ただ僕に気にかけてもらい、その傷がどういう種類のものであるにしろ、僕が自発的にそれを癒そうと手をさしのべることを望んでいるのだ。

あの文化祭の日からまだひと月半しかたっていないのに、僕は彼女の精神的なバイオリズムがほぼ完璧につかめるようになっていた。都も、たぶん同じだと思う。

理由はまったく単純だった。

僕らは、同類だったのだ。

◆

隆之の背中を見送ってから、あたしは河口にかかっている橋に向かって歩き出した。

何も言わなかったのに、彼があぁして走ってくれたことが嬉《うれ》しかった。午後じゅう練習をして、いいかげんくたびれているはずなのに。もしかすると、長く待たせたら風邪をひくとか思っただけかもしれないけれど、そうだとしても、誰かにこうして心配してもらえるというのは、何となくあったかい気持ちがするものだ。

橋を向こう側に渡り、コンクリートの防波堤に腰をおろす。ふり返ると、橋桁の下で灰色の鳩《はと》たちの群れが休んでいるのが見えた。

平和のシンボルだなんて言うけど、鳩ってあんまり好きじゃない。いつだったか大きなやつが、体じゅう羽をむしられて血だらけになった仲間のお尻をくちばしでつつきまわしているのを見たら、気分が悪くなってしまった。

川と海の境目のあたりに、小さな波紋がツンツンとたくさん広がっている。そこだけ雨が降っているのかと思ってよく見ると、背中の青いずんぐりした魚が水面を鼻先でせわしなくつつき上げているのだった。

何ていったっけ、あの魚。前に隆之が教えてくれた。ベラ？　じゃなくて……そう、ボラだ、ボラ。あいつの卵巣を塩漬けにするとカラスミになるんだ、って言われて生返事をしといたけど、あたしは実を言うとそんなの食べたことがない。珍味と名のつくものでほんとに美味《おい》しいと思ったものって、今までいっこもない。

海のほうを眺める。昨日からの風のせいで、波がものすごく高い。そそりたつ壁みたいなその波が崩れたあとは、海面がぐらぐら沸騰《ふっとう》したように泡立って真っ白になる。

小さいのに混じって十回くらい特大のが来ると、それからしばらくの間はぴたりと波がとだえた。まるで春の海みたいに、海面はゆったりと大きくうねって力を蓄える。

砂浜から七十メートルほど沖へ出たあたりでは、黒いウェットスーツを着た男たちが、それぞれのサーフボードに腹ばいになって横一列にぷかぷか浮かんでいた。全員がボードの先をまっすぐに沖合いのほうへ向けて次の波を待っている様子は、何だか敵情視察をしているペンギンの群れのように見える。

日が落ちると、さすがに寒い。フードをしっかりとかぶり直し、パーカーの前のジッパーを喉のところまで引っぱり上げた。

じつは、はじめに隆之に電話をかけた時はまだ、あたしの髪は長かった。恨みがましいようだけど、あの時彼が電話に出てくれていたら、今でも長いままだったかもしれない。電話越しに隆之の低い深い声を聞けたなら、それだけでとりあえずほっとしてしまって、髪を切るなんて思いつきもしなかったんじゃないかと思う。

隆之のお母さん（あのひと苦手）が電話口に戻ってきて、あとでかけ直すそうです、と言うなりガチャンと切ってしまった後、あたしは目の前にあった鏡を何秒かの間ぼうっと眺め、それから衝動的に家を飛び出して、近くの美容院に駆け込んだ。

わざとらしくおネエ言葉を使う中年の美容師があたしの髪を撫で、もったいないわあ、でもこれってちょっと『ローマの休日』みたいよねえ、とか何とか言いながら、けっこう楽しそうにバッサリやってくれた。ああいう人って案外私生活ではものすごく封建的で、つまんないことで妻に手を上げたり、ベッドの下に妙なものを隠してたりしそうな気がする。何となくだけど。

短く切っても、自分の精神状態にあまりにも変化がなさ過ぎることにかえってショックを受けながら家にたどりついたところへ、

「どこへ行ってたんだよ」

と隆之から電話がかかってきた。

「練習の後で会ってくれる？」

と訊いたら、彼は不思議そうな声で、

「いいけど、どうしたんだよ」

と言った。毎日のように彼の写真を撮りにグラウンドに通いつめていて、帰りは一緒になる日もあれば別々の日もあったけれど、こんなふうにわざわざ電話をして待ち合わ

せをしたのは初めてだったから、そう訊かれるのも無理はない。

何て言おう、とあたしは悩んだ。隆之はあれでいてものすごく鋭いから、適当なごまかしは通用しない。第一そんなことをしたら、あたしたちの間の信頼関係までが、たぶん、崩れてしまうだろう。

本当はあたしも、彼に寄りかかって休みたかった。でもそうするには、昨日北崎との間に起こった出来事を、全部話さなければならないことになる。あたしがその時どう感じ、そんな自分にどれほどの嫌悪感を抱いているかという点も含めて。

正直言って、いまそれを口に出すのは、かなりしんどい。

校舎の横に建っている体育館から、そろいのジャージを着た二年の女子たちがばらばらと出て来るのが見えた。休みの日の部活は、どことなく開放的で楽しいものだ。風に乗って笑い声が聞こえてきて、ちょっとうらやましくなる。

あたしは、彼女たちの年にはもう北崎を知ってしまっていた。彼とそうなったすぐ次の日も、友達の間でのあたしの態度は変わらなかったはずだけれど、ただ、あの日を境に決定的に変わってしまったものがあるような気がしてならない。何の屈託もなしに、ただ自分のためだけに笑う笑い方を、もう長いことしていないように思うのだ。

そういえば北崎に、どこへ行くのかと訊くのを忘れちゃったな、と思う。海外だとしか聞かなかった。あいつがどこでのたれ死んだって、別にあたしには関係ないけど。

「しけたツラ」

はっと顔を上げると、隆之が立っていた。

「待たせてごめん、ぐらい言えないの？」

「マタセテゴメン」

隆之は先にたって歩き始めた。追いついて横に並ぶと、あたしの頭は彼の肩にも届かない。

彼はジーンズと深い緑色のセーターに着替え、紺のウィンドブレーカーを着ている。ラグビー部でそろえたやつだ。髪が生乾きなのは、待たせまいとして急いでくれた証拠だろう。急げば急ぐだけ、後輩たちの手前、ずいぶん照れくさかったに違いなかった。

「お前さあ、そんなカッコしてるから顔色悪いんだよ」

隆之はあたしの足をじろじろ見ながら言った。

「もうちょっとあったかいカッコしろよ。女って冷えるとよくないんだろ、よく知らないけど」

「……うん」

「とりあえず何か食いに行こうぜ」

「おなかすいたの？」

「餓死寸前」

「あたしは全然だけどな」

「お前……ほんと性格いいのな」

彼があんまり悲しげな顔をするので、思わず笑ってしまった。顔のつくり自体はすごく男っぽいのに、こんなときだけは子供みたいになる。

「ねえ、どうせなら家に来ない？」

と、あたしは言った。

「簡単なものなら作ってあげられるわよ。いま、誰もいないし」

「それって……」

隆之は言葉をさがした。

「……まずいんじゃないか？」

「どうして？」

「いや、その、さ」

「大丈夫よ、襲いかかったりしないから」

隆之があきれたように頭を振った。

「お前、俺を男だと思ってないな」

「少なくとも、そういうことする男だとは思ってないわ」

彼は黙って肩をすくめた。

「それにね」

あたしは立ち止まって彼を見上げた。

「お願いもあるの」

「なに」

「写真を撮らせてほしいの」

「俺の？」

「そう」

「いつも勝手に撮ってるじゃないか」

「そうじゃなくて、今度はちょっと別のを撮りたいのよ」

隆之は、けげんな顔であたしを見おろした。あの人よりもだいぶ背が高いな、という考えがふっと頭に浮かんで、とたんに苦々しくなる。

「まさか、また例の雑誌に送るつもりじゃないだろうな」

「冴《さ》えてるじゃない」

彼は、あきれたように首をふった。

「お前の家で撮るだなんて、いったいどんな写真だよ。壁の前でボールかかえてポーズとれなんて言ったって、俺、絶対やんないからな」

「そんなことさせるわけないでしょ」

あたしは笑った。

「口ではちょっとうまく言えないわ。あたしとあなたとで、これから創るものだもの」

「ちょっと待てよ。創るったって、俺は何にも出来ないよ」

あたしは微笑んで隆之を見上げた。

「それは、あたしが決めることよ」


玄関の鍵をさしこもうとしたら、開いていた。典子さんはお休みのはずなのに。

「親父さんが帰ってるんじゃないのか？」

隆之は反射的に腰が引けている。

「まさか」

あたしは中を覗き込み、たたきの隅に見覚えのある男物の靴が脱いであるのを見るなり、ふわっと柔らかい気持ちになった。二階の奥の部屋から、かすかにピアノの音がもれてくる。シューマンだった。

「入って」

と、隆之をうながす。

「誰か来てるんだろ？　いいよ、俺、またにするよ」

「お客じゃないからいいのよ。入って」

「でも……」

「いいから」

隆之はしぶしぶ中に入り、後ろ手にドアを閉めた。

あたしは意識して、北崎に出したのとは別のスリッパをそろえ、隆之を居間に座らせておいてキッチンに入った。オニオンスープの缶詰を温めながら、セロリとレタスとトマトを一緒に皿に盛り、小エビとイカを刻んでピラフを炒《いた》める。匂いにひかれて隆之がのぞきに来た。

「米の炊きかたも知らないタイプかと思ってた」

「みんなそう言うわ」

ホットミルクを飲みながら、彼が料理をたいらげるのを眺める。全部が彼のおなかに納まるのに、作った時間の十分の一もかからなかった。清掃局の車がごみ箱の中身をさらえて持っていくようなせわしなさだ。

「いつもそんな食べ方してるの？」

冷たい牛乳をごくごく飲みほしている隆之に訊いてみる。

「何か変か？」

「変、てことはないけど」

「けど、何だよ」

「お母さんに同情したくなっただけ」

気がつくと、ピアノの音が止《や》んでいた。あたしは薄めのコーヒーの入ったマグカップを持つと、まだ渋っている隆之を強引にひっぱって二階へ上がった。ドアをノックしてから、そっと開ける。

「お久しぶり、光輝《こうき》」

声をかけると、ピアノの前で楽譜をにらんでいた父の愛弟子《まなでし》は、目を上げてにっこり微笑んだ。

「お帰り、都。勝手にお邪魔してるよ」

歌うような、温かな話し方だ。あたしはそばへ寄っていって、サイドテーブルの上にマグカップを置き、それから光輝の抱擁に身を任せた。

「どうしたの？　男の子みたいになっちゃったね」

短くなった髪をくしゃくしゃにかき混ぜて、彼が言った。

「光輝、こういうの好みでしょ？」

「僕はもう少し年がいってるほうがいいな」

「あ、そおですか」

光輝が笑ってあたしの頬にキスをするのを、入口につっ立ったままの隆之がびっくりした顔で見ている。

「紹介するね」

と、あたしは言った。

「彼、篠原《しのはら》光輝さん。幼なじみでね、天才ピアニストなの」

光輝は大またに歩み寄り、さっと手を出して隆之と握手した。

「天才っていうのは、ちょっとほめ過ぎだけどね」

「まあ、ちょっとね」

とあたしが言うと、彼は振り向いて、

「そう、ちょっとね」

と片目をつぶった。

五年くらい前まで、つまり二十歳を過ぎるまで、光輝はこのうちで暮らしていた。ただのピアノ好きの小学生だった彼を見いだしたのは、父だ。手元に引き取って教えられるだけのことを教え、自分のピアノの腕では教えきれないところまでくると、新たに最高の教師をうちに連れて来て彼を仕込んだ。父で慣れているはずのあたしでもしまいにはあきれてしまうほど、彼らは興が乗れば昼も夜もなかった。

そのあとは、ドイツの名門音楽学校へ留学。帰国してデビューするなり、光輝はその年の音楽界の話題を一人でさらった。

彼のファンには、女性が多い。理知的で繊細な顔にかかる栗毛《くりげ》のくせっ毛、寂しげな感じのする切れ長の瞳……女がポーッとなるのも不思議はない。

でも、彼のピアノを一度聴くと、その人気が決して容姿だけによるものではないことはすぐにわかる。華奢《きやしや》な体からは信じられないほどの力強いタッチに、激しさと表裏一体の叙情性をあわせ持つ彼は、日本人には珍しいタイプの、華のあるピアニストだった。

ピアノ室は一階よりも暖かかった。防音の壁は、外からの音も通さない。しんとした部屋の中、隆之と並んで隅っこのソファに座る。

「いつロンドンから帰って来たの」

「おととい。時差ぼけって、慣れないねえ。昨日は死んだみたいに一日寝ていた」

向かい側にすわった光輝は、モデルのように長い足を組んでソファに寄りかかった。全体の線が細いので、そうしているとどこかの国の貴公子みたいだ。

彼は、まだ何となくかたくなっている隆之をしげしげと見やり、ひとつうなずいて言った。

「ああ、やっと思い出した。君、都の写真の人でしょう」

隆之はとまどったように、

「はあ……」

と言った。

「ねえ、光輝、あたしの写真、こんど賞に入ったの」

「え、本当？　すごいじゃない。やっぱり彼の写真で？」

「そう」

「どれ？　あの、夏の水飲み場のやつ？」

「ううん、あれとは別の」

夏の水飲み場、と聞いたとたんに、隆之が体をぴくりとこわばらせたのがわかった。

「ちょっと残念だな」

と、光輝は言った。

「どうして？」

「あの写真、僕はとても好きだったから」

そして彼は隆之に向き直り、いきなり爆弾を落っことした。

「君があの子に惹かれる気持ち、ものすごくよくわかるしね」

あたしは飛び上がった。

「光輝！　何てこと言うのよ！」

三秒くらいけげんそうに光輝を見つめていた隆之が、ふいにさっと顔に血をのぼらせて立ち上がった。ものすごい目つきで光輝を、そしてあたしをにらみおろす。

「何にも言ってないわ！」

と、あたしは叫んだ。

「あたしは何にも言ってない！」

「じゃあ今のは何だよ！」

と隆之は怒鳴った。

「お前がこいつにしゃべらなきゃ、誰がしゃべるんだよ！」

大きな体が、怒りのためにぶるぶる震えている。

「落ち着きなさいって」

と、のんびりした口調で光輝が言った。隆之が、あの虎の目で彼をにらみ据える。

「都からは本当に、何も聞かされてない」

と光輝は言った。

「都から聞いたのはただ、君が同い年で、ラグビーをやっていて、とても心を惹かれる被写体だということだけだよ。だから今のは僕のまったくの当てずっぽうだ。どうやらはずれてはいなかったみたいだけどね」

「いいかげんなこと言うなよ！」

隆之がけとばしたテーブルの上で、クリスタルの灰皿が跳ねた。

「たかが写真を見たくらいで、何でわかるんだよ。何が当てずっぽうだよ。ごまかさないではっきり言えばいいだろ。都からあれもこれも全部聞きましたって、正直に言えばいいじゃねえかよ！」

「隆之お願い、信じてよ。あたしほんとに何にも……」

言いかけたあたしを、光輝が制した。

「百歩譲って、」

と光輝は言った。

「彼に対する君の気持ちを、都が僕にもらしたとしてもだ」

「ちょっと光輝、冗談じゃ……」

「仮定だよ。そんなことはあり得ないけれども、もしそうだったとしてもの話だ。隆之くんて言ったっけ？　どうしてそんなに逆上する必要があるんだ？　僕にはまるで、君がそのことを恥じているみたいに見えるんだけれどね」

隆之は、あきれかえったように光輝をまじまじと見やり、それからあたしに向かって言った。

「馬鹿と天才は紙一重って言うけど、ほんとだな」

「ちょっと、何よそれ！」

あたしはカッとなって叫んだ。

「謝んなさいよ光輝に！」

「都、まあおさえて」

光輝は笑いながら言った。

「元気だなあ、君たちは。うらやましいよ」

彼は立ち上がり、ピアノのところへ行って、さっきあたしが置いたコーヒーを一口飲んだ。それからヴァージニアスリムの箱をきれいな指でとんとんたたいて一本くわえ、火をつけると、隆之に向かって真顔でこう言った。

「誰かを愛した自分を蔑むのは、その相手を蔑むのも同じことなんだよ」

「あんたに何がわかるんだよ」

と隆之が言った。今の今まで腹を立てていたあたしが、心配になって思わず顔を見てしまうくらい、彼の声は呻き声に近かった。

「どうせ、近頃流行《はや》りのドラマにでも感化されたと思ってるんだろう。何にもわかりゃしないくせに、どこかで聞いてきたようなえらそうな口をたたくんじゃねえよ。ひとの噂話で勝手に盛り上がりやがって、どうせ俺は男が好きな変態野郎だよ！　それがどうしたってんだ、畜生。おもしろ半分でつつきまわされるのはまっぴらだよ！」

「隆之、いいかげんにして」

いつもとは違うあたしの口調に、隆之はふりむいた。

「何もわかんないくせにって言うけどね。それって思いっきり的はずれよ」

「……何だよ、それ」

隆之の視線が揺らぐ。

あたしはちらりと光輝を見やった。彼は、知らんふりを決めこんで楽譜をめくりながら煙草をふかしている。言ってもいいよね、などと了解を取ること自体、何だか失礼な気がした。

「光輝の恋人はね。スパニッシュで、オペラ歌手なんだけど……」

あたしは隆之に目を戻し、ひそかにため息をついて言葉を継いだ。

「――バリトンなのよね」

♠

どこかから、犬の遠吠《とおぼ》えが聞こえる。窓の外はすでに真っ暗だったが、カッと照りつけるメインライトはまるで太陽みたいだ。

左の頰が熱かった。汗ばんだ額に落ちてくる前髪をかき上げて、壁にもたれなおすと、シャッターの音が一度、それからもう一度響いた。

動きの激しいラグビーの試合中でさえ、都は、モータードライヴはめったに使わない。連写から生まれた作品を、あたしは信用しない、と言う。それは厳密にはあたしの作品じゃなくて、カメラが勝手に撮ってくれた偶然の産物にすぎない、と言い張るのだ。

わかるような気もする。たぶん……これは僕の憶測でしかないが、たぶん、都がつき合っていた男も、そういうふうな撮り方をしたのだろう。

都はあいかわらず何も言おうとしないが、彼女が今朝からどことなくおかしいのも、そいつに関係しているような気がする。道でばったり会ってしまったとか、よりを戻そうと言って電話がかかってきたとか、そんな類《たぐい》のことじゃないだろうか。

またシャッターが切られた。僕は壁に寄せられた都のベッドの上にあぐらをかき、こて跡を残したしっくい塗りの白壁にもたれかかっている。

ご注文に合わせてセーターもシャツも脱ぎ、上半身は裸。靴下も脱いで、下はジーンズだけだ。前のジッパーを三分の二だけおろして、と言われて、仕方なく言うとおりにしている。カメラを構えている時の都は仕事師の目をしていて、逆らうとまずろくなことはない。

でも、僕が都の言うままになっていたのは、それだけが理由ではなかった。今日顔を合わせてからずっと、彼女があまりにもあぶなっかしく思えて仕方ないからだった。

さっきああして言い争っていた時でさえそうだ。こみあげてくる怒りにまかせて怒鳴りつけようとしても、髪を切ってあらわになった首筋の白さを見ると、言葉は萎えた。

都の部屋は殺風景だった。高校三年の女の子のものとはとても思えないほどだ。ぬいぐるみもなければ少女マンガもない。フリルのついたカーテンも、花柄のクッションも見あたらない。普通ならぬいぐるみが座っていそうな場所には、ジュラルミンケースに入った重そうな機材がどんと積まれ、本棚にはありとあらゆるカメラ関係の雑誌が縦になり横になりしてつっこまれている。エロ本やビデオが見あたらないことを除けば、男の部屋だと言っても通りそうだった。

おまけに、まるでスタジオのようにだだっ広い。二十畳くらい、いや、もっとあるだろうか。まあ、それを言うならこの家全体がたまげるくらいの大きさなのだ。玄関のたたきだけで僕の部屋より広いのには、正直言ってがっくりきた。ようやく建てたちっぽけな家を何よりの自慢にしている親父と、ひまさえあれば腰をかがめて拭き掃除ばかりしているおふくろに見せてやりたい。

とはいうものの、僕は自分でも不思議なほど、都をうらやましいとは思わなかった。天井を高くすると大物が育つ、とかいうコマーシャルがあったが、家がむやみやたらと広いと、人間は大物になるより前に寂しがり屋になってしまうらしい。都を見ているとそう思う。

「ちょっと目線くれる?」

言われるままにそっちを見ると、都は間髪容れずに幾度かシャッターを切った。

撮り始めの時は、明るいライトが二つでカメラを手に持っていたのが、途中から変わった。カメラに近い側のライトがかなり暗めのものと交換され、愛用の一眼レフは、今は三脚に固定されている。このライティングだと、陰影の濃い写真が撮れるのだそうだ。

都の手には黒くて小さなピストンみたいなものが握られていて、手元でシャッターが切れるようになっている。レリーズといって、わずかなブレも抑えるためのものらしい。

壁の前に座っている男のポートレートなんか、誰が撮っても同じになってしまうのではないだろうか。そんな写真をカメラ雑誌に持っていって、せっかくのチャンスだというのに、果たしてちゃんと認めてもらえるのだろうか。ついつい心配になるのだが、都は迷いなんか微塵《みじん》も見せることなく、すでにフィルム七、八本を使い果たしていた。

「いいわ。また好きにしてて」

と都が言った。僕は、知らないうちに入っていた肩の力を抜き、大きな机が置いてある部屋のすみを見やった。机の横にはもうひとつドアがあって、プライベートの洗面所とトイレにつながっている。今はもっぱら暗室として使われているらしい。ドアの上の掛け時計は、八時を過ぎていた。

「家に電話しとかなくて、大丈夫?」

と都が言った。

「気にするもんか」

「いつももっと遅いの?」

「いつもじゃないけど、まあ時々はね。出来の悪い不良息子のことなんか、もうあきらめてるよ」

廊下の奥の部屋からは、あいかわらずピアノの音が小さく聞こえてくる。あいつはあのグランドピアノが目当てで、ちょくちょくこの家に弾きに来るのだそうだ。ブリュートナーとかいう、世界に名だたるドイツの名品らしい。僕なんかピアノメーカーに種類があることすら知らなかった。

尽きることのない音の連なりをたぐり寄せるようにしてじっと聴き入っていると、ファインダーを覗き込んだままの姿勢で、都が言った。

「『夢のもつれ』っていう曲よ」

彼女自身、相当弾くらしい。写真に取り憑《つ》かれる前は、そっちに進もうかと考えたこともあったのだという。

「いい曲だけど、弾く方にしてみると厄介なの。『指のもつれ』なんて言われるくらい。光輝はさすがだわ」

黙っていると、都は体を起こしてまっすぐに僕を見た。

「寒くない？」

「うん」

「退屈なんじゃない？」

「別に」

「悪いけど、もうしばらくつき合ってね」

僕はちょっと笑って、彼女を安心させてやった。

さっきの言い争いからこっち、都はずいぶん気を遣っている。僕はといえば、怒る気力なんかもうすっかりなくしてしまっていた。

「どちらかと言うとゲイ寄りのバイセクシャルなんだ」

などと、ためらいもなしに堂々と言い切られたのでは、かえって気抜けするというか何というか……妙な言い方だが、僕としては立つ瀬がなくなってしまったのだ。

腹立ちまぎれに都に向かって、

「まさかお前、こいつとくっつけようとして俺をここへよんだんじゃないだろうな」

と言ったら、さっと手が伸びてきて、口の横を思いきりつねり上げられた。

おそろしくやきもち焼きのスペイン人の恋人について、あの男が淡々と話し、都がそれを当たり前のように聞いているのをはたから見ていると、現実とは微妙にずれた異世界にいるようなおかしな気分にさせられた。僕の悩みのほとんどの部分は、「同性に惹かれること＝異常」という概念から派生したものなわけで、都が以前言ったように、そんな考えからすっぱり自由にさえなってしまえば、残る部分は恋する者に共通の、当たり前の悩みでしかなくなってしまうのだ。

「君が彼に惹かれるのは、ごく自然なことだよ」

と、あのピアノ弾きは言ってのける。

「無理やり抑えこむことの方が、よほど不自然で歪《ゆが》んでる。男、女にかかわらず、他人を引き寄せる力がものすごく強い人間というのは、時々いるものさ。時々、だけれどね。写真で見るかぎり、彼なんかはまさにそのタイプだよ。イマ風に言えば、フェロモンで出来てるようなものさ。僕に言わせれば、彼から少しでもセックスアピールを感じとれない奴は、むしろ人としての感応力が鈍すぎるね」

顔ではうさん臭そうにしておいたが、本当はほんの少し救われる思いだった。都以外にも少なくとも一人は、僕をそうやって肯定してくれる人間がいるわけだ。その一人がゲイではあまり意味がないような気もするが。

「ちょっと膝を立ててみて」

と都が言った。

「そうじゃなくて……んーと、左だけ。そう。で、左腕をその膝に置いて。もうちょっと前。その手で、右の手首をつかんでくれる？　そのまま肩の力抜いて。そうよ、いいわ。こっち向いて。ばかね、笑わなくていいのよ」

僕はわざとVサインを出してやり、

「…………」

まったく無視されたのでやめた。

「何か話してよ」

と都が言った。

「何かって？」

「何でもいいわ。できれば、今まで他の人にはしてない話」

そんなものたくさんありすぎて、何から話していいのかわからない。もともと宏樹以外の友達には、あまり自分のことを話す方ではない。

都は少し考え、そしてリクエストした。葉山響子についてだった。

どうやら宏樹とはうまくいっているらしいぜ、と僕は言った。声につい皮肉な調子がまじってしまったが、相手が都だと気にならなかった。

宏樹が葉山響子とのことを打ち明けるのは、ただ一人、僕に対してだけだったので、僕は今のところ彼ら二人の置かれている状態をほぼ把握していた。単純に言ってしまえば、ともするとまわりが見えなくなりがちな宏樹を、年上の彼女が穏やかになだめるというパターンですべての物事が運んでいるらしい。

彼女は宏樹に何ひとつ求めようとせず、宏樹が求めるものは惜しみなく与え、ただ、彼が短気に走りそうになるときだけ、あの澄みきった瞳でじっと見つめるのだそうだ。

「そうすると、どういうわけか何にも言えなくなるんだよな」

宏樹はそう言って、苦しさと愉《たの》しさの入りまじった表情を浮かべた。

まったく皮肉な話だった。そうして宏樹の相談に乗るたびに、僕は、自分が彼にとって特別な存在だという満足と、これ以上特別な存在にはなり得ないという失望とを、同時に確認しているわけだ。

響子がかつては、死んだ兄貴の恋人だったことを、僕はまだ宏樹に話していなかった。何も訊いてこないところをみると、あいつも響子から聞かされていないのだろう。

彼女とは、今までに数えるほどしか会ったことはないし、そのことについて口止めされたわけでもないが、僕が彼女の立場なら気が気ではないだろうと思う。かわいそうなような、ちょっとはざまぁ見ろと言いたいような、複雑な心境だった——。

自分から頼んでおきながら、僕の話を聞いているのかいないのか、都は時おり相づちを打つほかはひたすらシャッターを切ることだけに専念していた。ピアノはさっきから、僕でも知っているバッハの曲に変わっている。いつまで弾くつもりなのか、あいつには時間の感覚がないみたいだ。

時おりピアノが途切れると、カシャッ……カシャッ……という乾いた音だけが、夜の静けさの中に響いた。

「この音、よくないよ」

と言ってみる。

「なあに、急に」

「こうやってずっとこの音聞いてると、俺、ナルシストになりそうだ」

都はクスリと笑った。

「何言ってるの。あなたはもともとナルシストよ。自己嫌悪なんてものに陥る人は、みーんなナルシスト。こんな自分は自分じゃないって思いたいわけだもの、自意識過剰すれすれってことよ」

「じゃ、お互い様だな」

「え？」

「お前だってそうだろ」

「あたしは、」

「そうだろ」

「…………」

都が口をつぐむ。

「お前、今朝から絶対変だよ」

と僕は言った。

「急に髪なんか切っちまうしさ。ほんと言うと俺、長いの気にいってたんだぜ」

「……早く言ってよね」

と、都はへんな顔で笑った。

「話してみろよ」

と僕は言った。

「話しちまえば楽になるって言ったのは、お前だろ？」

都は、ずいぶん長いあいだ黙って下を向いていた。手の中で、レリーズをいじくりまわしている。

「べつに、何てことはないのよ」

と彼女は言った。

「ただ、その、きのう……北崎が来て」

やっぱりそういうことか。

「家に上げたのか？」

「……うん」

「何でだよ」

「わかんないわ」

何でなのか、自分でも本当にわからないのだということがありありとわかる顔で、都は言った。

「で？」

「……うん？」

「それで、どうしたんだよ？」

「…………」

「まさかお前、またやっちゃったのか？」

都は地を這《は》うようなため息をついた。

「わざわざ『まさか』だの『また』だの言わないでよ。泣きたくなっちゃうじゃない」

そもそものつき合いの、出だしが出だしだったからだろうか。僕らの間には、タブーというものが存在しなかった。

彼女はぽつりぽつりと、何度もつっかえながら話しはじめた。北崎が髪をつかんで引き戻したと聞いた時には、彼女が衝動的にショートヘアにした気持ちが、全部ではないにしろ、少しは理解できるような気がした。

だが、あからさまな表現を避けようと彼女が苦労して言葉を選べば選ぶほど、僕はよけいに拡大解釈し、想像をめぐらせ、もしかしたら実際には起こらなかったかもしれないことまで頭に浮かべてしまった。ことさらに無表情を装いながらも、僕はまるで、今このとき、自分のからだの下に彼女を組み敷いて犯しているような興奮を覚えて、はっきりと困惑していた。都にはまったく顔向けできないのだが、それはまぎれもなく、興奮以外の何ものでもなかった。

北崎に応えてしまったことに、彼女がどれほど嫌悪感を抱いているかは、痛いほどわかった。自分の体が自分の言うことをきかないという点においては、僕もまったく同じだったからだ。

「というわけでした、めでたしめでたし」

都は自嘲的に言って肩をすくめた。

「今度そいつが来たら、どうするつもりなんだ」

と訊いてみる。

「追い返すに決まってるじゃない。……って言いたいところだけど、正直言って、ちゃんとできるかどうか自信ないわ。あの人の顔見ると、あたし、いつもの自分じゃなくなっちゃうのよ。カーッと体が熱くなっちゃって、決心もプライドも、みんなどこかへ消し飛んじゃうの。もしかすると、正真正銘の淫乱なのかもしれないわね」

「そういう言い方するなよな」

「だって、ほんとのことだもの」

「そうじゃないって！」

都は驚いて僕を見た。

「そうじゃないよ。お前はそんなんじゃないよ。ただ、何て言うか……一人でいることにすごく弱いだけだ」

都は、何度か睫毛《まつげ》をしばたたいて僕を見つめていたが、やがて顔を赤らめてうつむき、それをごまかそうと、とってつけたように再びファインダーを覗き込んだ。

ふと、ものすごく言いにくそうに、彼女が言った。

「ねえ、隆之」

顔を上げて、僕をちらっと見る。

「ちょっとそれ……何とかしてくれない？　そんなの撮ったら、ナントカ罪でつかまっちゃいそうだわ」

僕は慌てて両膝を抱え込んだ。後ろめたさで顔に血がのぼってくる。

「ごめん。……俺ってどうしようもねえな。ほんと、ごめん」

都が、笑った。ため息ともどちらともつかなかった。

彼女はこの二時間あまりで初めてカメラから離れ、僕のそばに来てベッドに座った。

「冗談よ。そんなの、見慣れてるもの」

笑うに笑えない。

「してあげようか」

「……え？」

「手で」

「ええッ？」

彼女の顔を凝視する。都は澄んだアーモンド形の目で見つめ返してきた。ぷっくりした小さな唇には、言葉の過激さとは裏腹に、無邪気な笑みが浮かんでいる。

「お前……まさか、本気で言ってんの？」

「また。すぐ『まさか』って言う」

都は口をとがらせ、それと同時に手を伸ばして僕の腹に触った。ひんやりと冷たい指先だった。言われたとおり三分の二だけおろしてあったジッパーの間から、するりと細い指をさし入れて、僕自身を……僕の自己嫌悪《ナルシシズム》のかたまりを、そっと包みこむ。

「足、伸ばしてみて」

抵抗らしい抵抗もできなかった。いや、しなかった。僕は、都の優しい強引さに甘えて、されるがままになっていた。

目が合って、照れ隠しに、

「お前、お肌が荒れてるよ」

と言ってみる。

「……生理不順なのよ、ここんとこ」

「俺、女のきょうだいいないからさ。そういう言葉聞くとドキッとする」

「ばかねえ、こんなことまでしてて今さら」

「まあ、そうなんだけどさ」

「いいから、黙って集中してなさいよ」

都は、いつも正しい。僕はそうさせてもらうことにした。外の道を歩く男たちの話し声が、近づき、遠ざかっていく。

「なんか、へんな気分」

と、やがて僕は言った。かすれ声にしかならない。

「気持ちよくないの？」

「そりゃ気持ちいいけど……でも、へんな気分なんだ」

「下手《へた》なのかな、あたし」

「ばか言え」

と僕は呻いた。

「上手《うま》いよ。上手すぎて……困る」

頭の隅に、彼女がこれをどうやって覚えたのかという考えがちらついたが、今は横へどけておくことにした。目をつぶる。都が左手でごそごそとティッシュの箱を引き寄せる音がする。

「いつでもどうぞ」

と彼女が言った。

僕は自分に課した鎖を解放してやり、ひとつの顔を思い浮かべながら、一気に高みへと駆けのぼった。思い浮かべたのがいつもと同じ顔だったにもかかわらず、夢の中よりも自分でする時よりも、罪悪感が少ないのが不思議だった。

「……今日、二回目だ」

と言うと、都はぷっと吹き出した。

「そんな情けない顔しないで。なんだか、川におイモ落っことしたアライグマみたい」

都につられて、僕までも吹き出してしまう。クスクス笑いはそのうちゲラゲラに変わり、僕らは二人してベッドの上を転げまわって大笑いした。涙が出るのはたぶん、あんまり激しく笑いすぎているせいだった。

どうにか笑いやんで、顔を見合わせる。彼女は瞳をきらきらさせて僕を見ていた。急にたまらなくなって、僕は都にのしかかり、その体を抱きしめた。そこだけは日に焼けていない真っ白なうなじに、きつく頰を押し当てる。女の体をこんなふうに抱いたのは初めてだった。サイズから手ざわりから匂いから、男とこれほど隔たりがあるとは思わなかった。

僕に抱きしめられるままになっていた都がやがて、つぶやくように言った。

「こういうのって、何だかいいな」

僕は黙っていた。

「大人はきっと、こういうのに目くじら立てるんだよね」

都はゆっくりと続ける。

「沼口なんかだったら、乱れてるとか、不純異性交遊だとか言って大騒ぎするわ。別にそんなんじゃないのにね。あたしたち、何だかお互いにつらくなっちゃって、それでお互いの手で傷口をふさぎ合っているだけなのに……」

彼女が言おうとしていることが、僕にはとてもよくわかった。

愛し合っていないのに行為に及ぶのは間違っているとか、性の安売りだとか言う奴がいる。僕も基本的にはそう思う。思うけれど、でも、一口に愛と言ったっていろんな形があると言いたいのだ。僕と都の関係、これだって男女の恋愛ではないにしろ、まぎれもなくひとつの愛情の形ではあるはずだ。自分のことのように相手を気づかわずにいられない、そういう気持ちを愛情と呼ばずに、いったい何て呼ぶんだろう?

「こういう優しい関係がいいね」

と、都は言った。

「やっとわかったわ。あたしずっと、こういうのが欲しかったの。北崎といて、こんな気持ちになれたことってなかった」

「そう言ってもらえるとありがたいよ」

と僕は言った。

「何で?」

「してもらっといてよかったって素直に思える」

「ばぁか」

都は笑った。柔らかな、体のふるえが伝わってくる。

しばらく一緒になって笑っていた僕は、ふと顔を上げてみて……ぎくりとした。

都の顔が真っ青だった。

震えていたのは、いつからか、笑っているせいではなかった。

「都。おい、大丈夫か?」

「ごめん……気持ち悪い」

彼女はむっくり起き上がり、ベッドから滑りおりて暗室のドアを開け放つと、中の流しにすがりつくようにして吐いた。慌てて駆け寄って、不器用に背中を撫でてやる。胃の中にはたいしたものは入っていないのに、痙攣《けいれん》だけが何度もつき上げてくる。

実際には五分ほどだったかもしれない。永遠に続くように思われたその発作がどうにかおさまって、水を流し、口をゆすいだ彼女が顔を上げた時……。

僕は内心の動揺をそのままに、思いきり馬鹿なことを口走った。

「まさか、俺の子じゃないよなあ」

都の大きな瞳にみるみるうちに涙が盛り上がり、こぼれ落ちる。初めて見る彼女の泣き顔に、僕はうろたえた。都でも泣くことがあるなんて思ってもみなかった。

「どうしてちゃんと考えなかったんだよ」

訊いても、彼女は涙をこぼすばかりだ。ほかにどうすることもできず、つっ立ったまま抱きしめる。彼女は赤ん坊のようにしがみついてきた。
すすり泣きのあいまに、切れぎれにピアノの音が耳にとどく。
バッハはいつのまにか、「夢のもつれ」に戻っていた。

◆

せっかく日本にいる間ぐらい家に泊まればいいのに、とあたしが言っても、光輝はにっこり笑って首をふる。家にピアノを弾きに来るときも、一人でどこかへ出かけたときも、どんなに遅くなろうと夜は必ず、海を見下ろす高台にある自分の別荘に帰るのだ。

そうしないとたちまち恋人のフェルナンド・バルデス氏の機嫌が悪くなることを知っているからだけれど、光輝自身いくらかは、あのやきもち焼きのバリトン歌手に束縛されるのを楽しんでいるふうだったので、あたしが言えることは何もなかった。

何年か前、初めて彼からバイセクシャルであることを告白されたときは、びっくりして口もきけなかった。家に住み込んでいた頃は、そんな気配を感じたことなど一度もなかったから。とはいえ、それを境にあたしたちの間柄は前にも増して深くなり、お互いに何でも打ちあけられる関係へと進化した。あたしにとってはいまだに、隆之を別にすれば一番頼りになる相談相手なのだ。

でも、今度の今度ばかりは、さすがの光輝も困惑を隠せない様子だった。

精神的にも容姿の面でも、世俗から遠く隔たったところで生きているような彼だ。もともとこういう相談を持ちかけられるのには向いていないということなど、あたしにだってわかっている。

けれど、父がドイツ公演から直接フランスへ入ってしまい、もう一か月以上も帰国していない状態のいま、あたしが頼っていける「大人」は唯一、光輝だけなのだ。ほかにどうしようもなかった。

「それで都は、どうするつもりなの」

と光輝は言った。

「どうするって……」

だから、それを相談に来たのに。

「都がどうしたいのかをまず言ってくれないと、僕には何も言えない」

無意識に煙草をくわえ、火をつける寸前にハッとしたらしい。

「ごめん。とりあえず、よくないよね」

おなかの子に、という言葉はのみこんで、光輝はその一本を箱に戻した。

返事に困ってホットミルクをすすると、隣に座っていた隆之も仕方なさそうに自分に出されたコーヒーに手を伸ばした。何となく心細くて、ここまでついてきてもらったのだ。

光輝の部屋だった。

バルデス氏は留守にしていて、それを電話で聞いたとき、あたしは内心ほっとした。四十を過ぎた、ふだんは落ち着いた物腰の人物なのだが、何しろ病的に嫉妬深いのだ。おまけに、どういうわけかあたしを目の敵《かたき》にしている。光輝のいないところでチクチクと意地悪をされた覚えも何度かある。もともと女嫌いであるのに加えて、光輝があたしを特別にかわいがるので、見ているとイライラするらしい。

都心にも超豪華なマンションを持っているくせに、光輝はちょっとでもまとまった休みが取れると必ず、この別荘にやってくる。高台にあるので、ここからは海がほとんど真下に見おろせる。特に、この部屋からの眺めは最高だった。巨大な絵画のように窓の外いっぱいにひろがる海を眺めながらピアノを弾くのが、光輝はなによりも気にいっていた。

どんなに音響の優れたホールで、耳の肥えた聴衆に恵まれて弾く時よりも、海に浮かんでいるようなこの部屋で一人弾く方がはるかに仕上がりがいい、と彼は言う。もしかすると僕はピアニストには向いていないのかもしれない、なぜなら、聴衆を得たときに実力以上の演奏ができるピアニストこそをプロフェッショナルと呼ぶのだろうから、と。

あたしに言わせれば、光輝のピアノはプロとかそうでないとかいうところをすでに超越した、至高に近いものだと思うのだけれど、そのあたりは本人にはかえってわからないことなのかもしれない。逆に、自分のピアノに満足してしまった時が、ピアニストとしての終わりなのだろう。

窓の下の海は、西日を受けてきらきらと輝いている。海だけじゃない。切り立った崖をおおう木々も、点在する建物も遠くに見える展望台も、すべてがオレンジがかった黄金色に光っている。ぜいたく過ぎるほどの眺めだった。

この部屋にいると、まるで母親の胎内にいるかのように安らぐことができる、という光輝の言葉は、あたしにもすんなりと納得できた。潮の満ち引きと女性のバイオリズムは切っても切り離せないとか、フランス語でもスペイン語でも「海」は女性名詞だとかはよく言われるけれど、海がすべての生命とその進化の源であるのを思えば、人間がそれに母性を感じるのも不思議ではないような気がする。

そしていま——あたしの中にも海は、ある。

そこにたゆたっている生命はまだきっと豆粒ほどの大きさで、あたし自身「母親」なんていうのは全然ぴんとこなくて、せいぜい「宿主」くらいの感じでしかない。それでも彼（あるいは彼女）は、それはそれは必死に自分の存在をアピールしてくる。おかげでひっきりなしに吐き気に悩まされている。

年が明けて学校が始まってもこんな具合だったら、どうすればいいのだろう。心配なのは、妊娠がばれることそのものじゃなくて、もし今ばれたら、隆之までも巻き込んでしまうだろうということだった。

まず一番に疑われるのは隆之だろうし、あたしがそれを否定すれば、もちろん否定するけど、今度は当然、誰が父親なのかを問い詰められるに決まっている。

あたしは口が裂けても、北崎毅の名前をもらすつもりはなかった。北崎のためなんかではさらさらなく、それはあくまでも自分のプライドのためだった。

相手があれほど名の通った写真家で、しかも二十歳近くも年上となれば、あたしがいくら違うと言ったところで、加害者と被害者という図式がでっち上げられてしまうのは目に見えている。そんなのは我慢ならなかった。

北崎がどんなつもりでいたかは知らないけれど、少なくともあたしは、遊ばれたとも貧乏くじを引いたとも思っていない。それどころか、北崎から得たものは山ほどあった。悔しいけど、それは事実だ。写真に関してもそうだったし、「男」という生きものについても、自分の中の「女」についても、そして人間の弱さについてさえ、あたしは北崎から初めて教わったのだった。

「で、その人はこのことを知ってるの？」

と光輝が言った。

うつむいたまま首を横に振る。

「いつ言うつもり？」

「…………」

「言わないつもりなの？」

それでもあたしが黙っていると、光輝はため息をついて隆之を見やった。

「彼女、これでも相談に来てるつもりなのかな？」

隆之は苦笑して、

「こいつ、ちょっと屈折してるから」

ぼそっとつぶやいた。

「いま、どのくらい？」

「……三か月だって」

ようやく答えると、光輝の顔がかげった。

「じゃ、急がないといけないね」

「何を？」

「何をって、君、まさか産むつもりじゃないんだろう？」

「…………」

「都？」

「……わかんない」

その答には、光輝だけじゃなく隆之もびっくりしたらしい。

「わかんないって何がだよ。産むかどうかってことがか？」

隆之は横からあたしの顔を覗き込んだ。冬でも真っ黒に日焼けした顔に、太い眉がぎゅっと寄せられている。真剣に心配してくれているのがひしひしと伝わってきて、胸が熱くなる。

「違うの。自分でもわけがわかんないのよ」

と、あたしは言った。

「どうでも産みたいなんていうのじゃないの。北崎がどうとか、そんなんでもないの。ただ、何て言うかその……怖いの。このまま簡単に始末をつけちゃって、それでいいのかなって思ったら……」

「いいはずはないよ」

と、光輝がさえぎった。

「もちろんいいはずなんかない。だけど、そんなこと言っていられないだろう？　一人で産んで育てるつもり？　現実問題としてそれは無理だよ。冷たいことを言うようだけど、都、いまの君にはまだ、子供を産んで育てあげるだけの力はない」

「――わかってるけど」

と、あたしは言った。本当に、そんなことはいやというほどわかっていた。

それなのにどうして、このおなかの中の豆粒ほどの異物に、こんなにこだわってしまうのだろう。

強がりではない。このさい北崎は関係なかった。妊娠を盾に取るなんて考えもしていない。そんな手まで使って男をつなぎとめようとするほど、あたしは恥知らずでもないし、計算高くもない。それこそが、あたしがまだ大人じゃないっていう証拠なのかもしれないけど。

だいいち北崎は、この程度のことで束縛を許すような甘い男ではない。自分の血を引いたものがこの世に増殖するなんて、考えただけでも身震いしてしまうだろうし、かえって慰謝料を山と積んででも別れようとするタイプだ。

北崎とあたしのジュニア、か。

想像してみて、笑ってしまった。どんなに身勝手でわがままな人間に育つことだろう。

そういえば前に一度だけ学校で、何組の誰それが妊娠しちゃったんだって、なんて具合にカンパの話が回ってきたことがあったっけ。当のご本人はといえば、土日をはさんで月曜日にはけろっとした顔で出てきていた。こんなに難しく考えるあたしが馬鹿なんだろうか。

カップをてのひらで包んだまま、ぼうっとしていたあたしの耳に、ポォーン……とA《アー》の音が響いた。

「ねえ光輝。あれ弾いてよ」

「そのつもりだよ」

光輝はちょっと微笑むと、椅子に浅く腰かけて、まるで落書きを始めるようなさりげなさで弾きだした。かの大作曲家の聴力がいよいよ失われる寸前に作られたとも言われる、シンプルだけれど、哀《かな》しいくらい美しい曲だ。

クレッシェンドもデクレッシェンドも、あえてピアニシモからメゾピアノまでの間だけに抑えて、光輝はおまじないを囁《ささや》くように、ものすごくていねいに弾いてくれた。あたしがこの曲を好きなのを、よく知っているのだ。

篠原光輝の演奏をほんのいっときでも独り占めできるなら、財産すべてなげうってもいいと考えるファンが、どれほどいることだろう。果たしてそのへんをわかっているだろうかと、あたしは横目で隆之を見やった。全然わかっていないみたいだった。

光輝は続けて、ソナタ「悲愴《ひそう》」の第二楽章を弾き（「え、これってビリー・ジョエルじゃなかったの？」と隆之が言った）、メンデルスゾーンの無言歌集の中から穏やかなのを何曲か選んで弾き、それから何を思ったか、突然ジョージ・ウィンストンにうつり、エリック・クラプトンの「ＴＥＡＲＳ ＩＮ ＨＥＡＶＥＮ」とエクストリームの「ＭＯＲＥ ＴＨＡＮ ＷＯＲＤＳ」を上手に編曲して弾いた。何を弾いても、ちゃんとクラシックの名曲に聞こえるのが不思議だった。

あたしと隆之はその間、時々はぽつぽつと話しながらも、もっぱら窓の外の海を眺めて過ごした。隆之は出されたおせんべいを一枚食べ（バルデス氏の好物だそうだ）、あたしは甘党の光輝秘蔵のウィスキーボンボンをひとつだけつまんでみた。

「こんなお酒でも、よくないのかな」

とつぶやいたら、隆之はちょっと考えて、

「そうなのかもな。ほんとなら」

と言った。

いつのまにかピアノがやんでいるのに気づいてふり返ると、光輝はあたしたちのすぐ後ろに立って、同じように金色の海を眺めていた。

「幸せな妄想にふけっていた」

と彼は言った。

「どんな?」

光輝はまぶしそうに目を細めてあたしを見おろした。

「都の子供を、僕らが引き取って育てるの」

「僕らって、あなたとバルデス氏?」

「そう。どう頑張っても子供だけは作れないからね」

隆之が、なんとも複雑な表情で赤くなる。

「だめだめ、却下」

あたしは思わず笑いだしながら言った。

「そんなことしたらあの人、きっと嫉妬で怒り狂っちゃうわ。ほんとはあたしとあなたの子なんじゃないか、なんて勘ぐられるのがオチよ」

「なかなか鋭いご意見だ」

と光輝は言った。


また来るね、と玄関を出ようとした時、光輝はあたしを呼び止めた。

「決心がついたら、電話おし。一緒に行ってあげるから」

あたしはうなずいて、アリガト、と言った。

でも、電話するつもりはなかった。いくら何でも光輝にそこまでさせるわけにはいかないし、それにあんなに名前も顔も売れた人が一緒では、下手をすれば逆に目立って、大スクープなんて事態にもなりかねない。

隆之と並んで、もうすっかり輝きを失った波打ちぎわを歩いた。日の沈んだあとの浜辺は、海からの風がとても冷たい。耳がちぎれそうだ。

どんなに悩んでみたって、と、少しすてばちな気持ちになりながら思った。今のあたしに選べる道は、ひとつしかないのだ。産むか産まないかという選択は許されていない。

結局のところ、いつお医者に行くかという問題でしかないのだろう。

「なあ、都」

めずらしく遠慮がちに、隆之が言った。

「どうせなら、その……。早い方がいいんじゃないか」

読心力でもあるんだろうか。

「――うん」

と答えると、彼はそこから十歩ぐらい歩いたところで、そっと背中から腕をまわしてきた。太い腕と、大きなてのひらが、がっしりとあたしを支える。あたしは安心してもたれかかり、しばらくそうしてゆっくり歩いた。彼の体が海風をさえぎってくれて、それだけでもずいぶん暖かい。

はじめからこういう人を好きになっていればよかったのに、と思う。考えてみればあたしたちって、何だかへんな関係だ。友達でもない、恋人でもない、穏やかで不思議な関係……。

「心配するなよ」

と、低い声で隆之が言った。

「俺がついていってやるよ。だから、もう心配すんな」

◆

どれほど都がいま弱くなっているか、見あげてきたその目にであったとき、初めて気づかされた。

「そんな迷惑、かけられないわ」

と彼女は言った。〝あなたに関係ないわ〟でも、〝あたし一人で大丈夫〟でもなしにだ。それは拒絶ではなくて、遠慮だった。

彼女を抱える腕に力をこめる。冷たい風が巻くと、短くなってしまった彼女の髪から、かすかに清潔な香りが漂った。

「もう、年末休みに入っちまったかな」

僕は、努めて軽い口調で言った。

「お前んち、電話帳あるか?」

都はうつむいて、こくんとうなずいた。

「調べて訊いて、年明け早々にでも予約とって。決まったら言えよ」

「…………」

「言えよ」

「……うん」

「できれば、このへんじゃないとこ、な」

言わずもがなのことをつけ加える。都はまた、黙ってうなずいた。

岬の突端の上のあたりで、空がただれたように真っ赤だ。あんなにきれいな夕映えの後だというのに、最後に残った色は、今にも向こうからモスラが現れそうな感じの変な紅色だった。ぶあつい雲がその紅と混じりあっている様子は、なんだか天井が裂けてははらわたがはみ出ているみたいに見える。

砂浜から道路に上がって、漁港にさしかかったとき、都が小さな声で言った。

「ねえ、隆之」

「ん?」

「もうちょっと、こうしてたいな」

「いいけど、どこで?」

「どこでも」

この寒空の下で一緒にいたいと言うからには、

「今日は来てるのか、お手伝いのおばさん」

都はうなずいた。

実をいえば僕のほうも、外の方が気が楽だった。

このまえ、成り行きとはいえああして都の手のなかで弾けてしまったことを、後悔しているわけではなかったが、あの時と同じ部屋で同じように顔を合わせるのは、まだ何となく気まずい。

昼前の電話で、ピアノ弾きのところにつき合ってほしいと頼まれた時から、あれこれ考えていた。帰りに、「うちに来る?」と訊かれたらどう答えようかと思ったのだ。

あんまり即座に行くと答えたりして、またアレを期待していると思われると困るな、とか、でも理由もないのに行かないと答えたら意識しているのがよけいにミエミエだし、よくわからないけど何となくそれって都を傷つけることになりやしないだろうか、とか。

女のことでこれほど頭を悩ませたのは初めてだった。宏樹のような具合にはいかない。こういう悩みさえも愉しみにすり替えるなんてまねは、たぶんその真ん中に「恋」というフィルターがなければできない芸当なのだろう。

それでも、自分でも意外なほど、わずらわしさは感じなかった。女という生きものをずっと軽蔑し、嫌悪してきたはずの僕にしては、ずいぶん不思議な話だ。僕は、都を気づかいはしても、決して気をつかいはしない。それが楽なのかもしれない。

都の足がゆっくりになり、そして止まった。

このまま漁港を通り抜けて坂を上がれば、やがて商店街に出てしまう。曲がりくねった道路の両脇に、いくつかの店が軒を連ねているのだ。

今の時間なら、夕食の買い物客で少しはにぎわっているだろうし、そんなところを女と寄り添って歩こうものなら、明日の朝にはどんなうわさが飛びかっているか知れたものではない。地元の人間はそれぞれが皆、誰かの親戚か、同窓生か、あるいはその両方だった。そういう狭い街なのだ。

僕は考えあぐねて、都をとりあえず漁港の中へと誘った。

堤防は、いくらなんでも寒すぎる。

組合の建物の床は、魚の血を洗い流した水でいつも濡れている。

陸《おか》にあげられた船の中は暖かそうだが、万一もぐりこんでいるところを持ち主に見つかれば、どやされるどころでは済まない。漁師は船と網とに命をかけているのだ。

考えた末に思いついたのは、船着き場のはずれに建てられた古い小屋だった。小屋と言っても板張りの壁は三方にしかない。開いている一方は、漁港内の静まりかえった海に面している。

小屋と背中合わせに置かれた自動販売機が、フジツボのかけらの散らばった道をぼんやりと照らしていた。宏樹と二人で釣りをした帰り、よくこの小屋でサイダーを飲みながら獲物を半分ずつに分け合ったものだ。夏も冬も、日ざしや風がほどよくさえぎられて、なかなか具合がいい。

「このへんで手を打たないか」

「ん。上等」

都が笑うと、堤防の先の誘魚灯が反射して、薄暗がりに白い歯並びが光った。

小屋の隅っこには、雑多なガラクタがあれこれ寄せ集めて置かれていた。

晴れた日に干物を並べる金網や、何々丸と船の名前を太マジックで書いたバケツ、ささくれだったスノコ。長い竹ざおと破れたタモ網、古びた地酒の一升瓶。つぼ焼きにしたサザエの殻、吸い殻の詰まった烏龍茶《ウーロンちゃ》の空き缶、それに茶色いゴム製のイボ付きサンダルが片方。ごみ箱がわりの石油缶の横には、干からびた海草が落ちている。

金網とは反対側の隅に、なるべく新しそうなスノコを運んでいき、僕はその上に腰をおろした。後ろの板壁に寄りかかる。開いて立てた両膝の間に、都がするりともぐりこみ、僕の胸に背中をもたせかけた。

「俺は安楽椅子かよ」

「クッション硬いけど、ま、許しましょ」

「何様のつもりだ、お前」

彼女はくすくす笑った。

「寒くないか？」

「大丈夫」

僕は、着ていたブルゾンで彼女の体を後ろから包み込んだ。

「冬だからかえって良かったのよ」

　と都は言った。

「夏だったらこの辺きっと魚臭くて、あたしげろげろしちゃったかもよ」

「きったねえ奴」

「ふんだ。わかんないだろうけど、つらいんだからね」

「わかってるよ。いや、わかってないんだろうけど、わかろうとはしてるつもりだよ」

「うん。知ってる」

　そのまままずいぶん長い間、僕らはただぼんやりしていた。すぐ三メートルほど前が岸壁で、もやい綱でつながれた白い船の横腹の文字が、潮の満ちた海面に逆さに映っている。隣り合った船のへさき同士、ゆっくりと近づいてはぶつかりあう音が、ガッ……ゴッ……と低くこもって響く。

「あったかくなると、さ」

　と、やがて僕は言った。

「あの岸壁の縁のとこに、カニだのエビだのがいっぱい群がるんだ。夜、懐中電灯と網を持って来れば、腕さえよけりゃ一時間でしこたまとれる」

「とってどうするの？」

「食うのさ」

「えっ、食べられるの？」

「生きてるエビに小麦粉ふって、そのまま油で揚げる」

「かわいそう」

「最ッ高にうまいぜ」

「ビールによさそうよね」

「お前ってば、そればっか」

僕はあきれて言った。

「初めて飲んだのって、いつだったんだ？」

「ひと通りは中二で」

「何だそりゃ」

「あたし、一度グレてやろうと思った時期があったの。母親が自分で逝《い》ったあと」

都は、そのものズバリの言葉をそっと避けていた。

「それでね、まず手始めに、父親の書斎のキャビネットからなるべく高そうなボトルを選んで盗み出して、友達三人よんで夜中までどんちゃん騒ぎやったの。ビールは自動販売機でこっそり買って、ウィスキーもブランデーも、貯蔵室のワインもキッチンの日本酒も、もう総動員よ。吸えもしない煙草を無理してふかして、大音響でＣＤ鳴らしてね。ほら、うち、部屋が防音だし。まあ結論から言うと、夜遅くにひょっこり父親が帰ってきちゃったからあれだったんだけど、そうでなかったら全員、急性アルコール中毒であの世行きのところよ。友達の手前いきがってカパカパやるだけで、飲める量も飲み方も、ぜんぜん考えてないんだもん」

あーあ、とため息をつき、都はごそごそ座り直した。

「こんな話、退屈なんじゃない？」

「いいや」

と僕は言った。

「ほんとうに聞きたい？」

「うん。何だよ急に」

「隆之って、相づち上手っていうのかな。あんまり話しやすくて、ときどきうちに帰ってから不安になるのよね。思い返すと、その日一日中あたしばっかしゃべってたような気がしちゃって」

「そんなことないよ」

僕は笑って言った。

「しゃべりたい時は俺だってしゃべってる」

「そうかなあ」

「で、どうなったんだよ」

「うん。まあ、そんなわけで、二日酔いの友達から何とかアルコールっ気を抜いて家に帰したのが、次の日の夕方ね。それから父親がしたことがいいわよ。あたしを座らせといて講義ぶったの、それぞれのお酒についてえんえんと。ロマネコンティの何年物がどうだとか、コニャックとアルマニャックはどう違うのかとか。あたしの口に無理やり含ませて、こっちがオタールでこっちはクールボアジェだとか。わかるわけないわよ、初めてお酒飲んだ中学生に味の違いなんか。それでなくても頭痛くて、お酒なんて見るのもゲーだったんだから。でね、もう途中でやんなっちゃって、こんなこと知ってたからって何になるのよって食ってかかったの。そうしたら初めて怒鳴られたわ。『自分でろくに知りもしないものを、安易に他人に勧める奴があるかッ！　自分が不幸だからといって人を巻き込む権利など、お前にありはしない！』って」

「……なるほどな」

わかるようなわからんような、聞けば聞くほど、この子にしてこの親ありだ。

「ま、それ以来ときどき晩酌につき合ってあげてるわけよ」

「何だよ、オチがついてたのか」

都はあははと笑った。

「この不良娘が」

「孝行娘と言って」

「でも、さ」

都の頭にあごをのせた。

「えらいよな。ほんとにグレなかっただけ」

「トォォゼンでしょ。あたし、それほどバカじゃないもの」

「お前ね。そういう高ビーな口のきき方してると、友達いなくなるぜ」

都はちょっと黙っていたかと思うと、唐突に言った。

「あたしの嫌いなものって、知ってる？」

「鳩だろ」

「それもだけど、あとね、フクブクロ」

「なんだって？」

「福袋。あの、お正月によく売り出すやつよ。あれって確かに安いけど、もらっても要らないような物ばっかり入ってるじゃない。ああいうの、お金出して買う人の気が知れないわ。あたしは何でも、ちゃんとこの目で選ばないと気が済まないの。自分にとって本当に値打ちのあるものしか、要らない」

ふうん……と僕はうなった。

「じゃ俺も、お前に選ばれたわけだ」

都はぐるりと首をめぐらせて、僕を見上げた。普通なら、キスしないほうがおかしいような近さに、都のぷっくりした唇がある。その唇が動いた。

「隆之のことは、選んだんじゃないわ。初めから決まってたの、こうなるように」

黙って、都の冷たいおでこに頬をあてた。都が気持ちよさそうに目を閉じる。

こうなるように決まってたんなら、どうして俺たちはいま、恋人同士じゃないんだ？どうしてお前の腹ん中にはお前をふり向かない奴の赤ん坊がいて、俺は俺で、よりによって男なんかを好きになったりするんだ？

僕はどこかで都がうらやましかった。僕と宏樹の間にはなんにもない。友情などと呼ばれる不確かな関係が、子供のころからの勢いで今まで続いてきただけで、それすらも僕がいったん本性をさらけ出したが最後、あっけなく消滅してしまう程度のものでしかないのだ。

どれほど好きなのか、口に出して告げること。どんなふうに好きなのか、言葉と行動を尽くしてわからせること。

想いをこめて相手に触れ、手をとり、抱きしめ、口づけ、体を重ね、そして自分という存在を、もう絶対に失くせないものだと相手にも認めてもらうこと……。

そのどれもが、初めから僕には許されていない。

だから、妬ましかった。最も原始的ではあるけれども、ある意味では最も確かとも言える絆で相手との結びつきを確認できる彼女が、彼女の体の構造が、彼女が相手の男とは異なる性を持っているという、そのあたり前のことが、たまらなく妬ましかった。

「なに考えてるの?」

と都がささやいた。

彼女の額から顔を離す。

「――それどころじゃねえよな、本人は」

「え?」

「何でもないよ。それより、あの写真はどうなったんだ」

「どの写真?」

「こないだお前の部屋で撮った、あのヤラシイ写真さ」

「何よ、ちゃんとジーンズはいてたじゃないのよ」

都は笑って言った。

「あれね、採用だって。今度の号に、何枚かまとめて載るみたい」

「すごいじゃん」

「女子高校生が男を撮るっていうのが珍しいんじゃないの? あわよくばそれで売ろうって寸法よ」

「いいんじゃないの。お前さえ流されなければそれで」

「うん。そうよね」

と都は言った。

「ねえ、いやじゃない？」

「何が」

「あんな、半分裸の写真載せられても」

僕は肩をすくめた。

「女じゃあるまいし、そういうのにはこだわらないな」

「ありがと。じゃ、これからも協力してね」

「え、まだ撮んの？」

「そりゃそうよ。あたし、隆之を撮るのだけは自信あるの」

「そうかよ。もう、好きにしてくれ」

都は嬉しそうに声をたてて笑った。

月が雲にかくれた。

「そろそろ行くか」

と僕は言った。

「もう？」

「風邪ひくぞ」

不満そうな都の脇の下に手を入れて押し上げるように立たせ、自分も立ち上がると、僕は彼女のダッフルコートのフードを引っ張ってぐいっとかぶせた。

「明日は朝からやることあるだろ」

「え……？」

「電話」

都は唇をかんだ。

「いやなことは早く済ませちまいな」

と僕は言った。

「そうね」

「元気出せって。俺、明日は練習ないからさ。お前のそれが済んだら会えるよ。また夜までずっと一緒にいてやれる」

「何よ、その恩着せがましい言いかた」

「そうそう、その調子」

都がげんこつで殴りかかるのをひょいとかわし、首っ玉に腕をまわして横抱きにかかえる。そのままさっさと歩きだす。

「ちょっとぉ、ボールじゃないんだからね」

僕は彼女を引きずって、どうにか足もとが見えるほどの暗い道路を走りだした。

「トライいきまーす」

「やだあああ！」

「じゃキックいきまーす」

「もっとやだっ！」

「天才・鷺沢隆之、奇跡のドロップゴール成るか……！」

どん、と横合いから出てきた何かにぶつかって、はじき返されたが、かろうじて踏みとどまった。とっさに都を支える。

相手は踏みとどまれなかった。派手に大股をひろげて後ろへ尻餅をつく。水たまりの泥水がぴちゃっとはねる。都が反射的に飛びのいた。

起き直った相手の顔が見えて、やばい、と思った時には、連れの仲間たちが怒鳴っていた。

「どこに目ェつけてやがんだよ、エエ？」

「いちゃついてんじゃねえぞ、コラァ」

停まっていた軽トラックの陰から現れたのが、二人。髪を黄色く染めているのが夜目にもわかる。

尻餅をついた男がようやく手をついて立ち上がり、薄暗がりに目をこらして僕の顔を透かし見た。ニヤッと笑う。

血の気が引いた。

「どっかで見たツラだと思ったら、てめえかよこの野郎」

図体《ずうたい》に似合わないかん高い声で、尻餅男は言った。

「隆之」

都の声がひきつる。

「知ってるの？」

知ってるも何も、隣の高校の連中で、ひと月足らず前にお手合わせ願ったばかりの同じ面子《メンツ》だった。別に頼んだわけではない。ゲームセンターで中学生から財布を巻き上げようとしているのを、ＵＦＯキャッチャーをやりに入った宏樹と僕とで止めたのだ。

「確かあん時も女連れだったよなあこの野郎」

葉山響子のことだ。

宏樹が彼女とつき合っているのは、まだ親にも内緒だった。それでも誰かに恋人を見せびらかしたいという気持ちを、宏樹はこのところ僕を混ぜて三人で出かけることで、どうにかまぎらわせている。

兄貴とのいきさつを考えると、僕にとっては迷惑きわまりない組み合わせだし、おそらく響子にとってもそうであるはずなのだが、そのへんの微妙な空気に気づくには宏樹はおおらか過ぎた。そして僕もまた、宏樹に少しでも特別扱いされる嬉しさに、やっぱり呼び出されるままに出かけてしまうのだ。あの日もそうだった。

どれを取って欲しい？　と宏樹が訊き、じゃあ、あのケンケンのぬいぐるみ、と恥ずかしそうに指さしたのは響子で、でも結局はこの三人組のせいでゲームどころではなくなってしまった。

恋人の前であるのも手伝ってか、連中をコテンパンにしたがってしょうがない宏樹をなだめるのに、僕と響子は逆に苦労するほどだった。いくら引退した後だといっても、ラグビー部の元部長と副部長がそろって暴力事件を引き起こしたとあっては、後輩たちにどんなとばっちりがいかないとも限らない。

「あんときゃよくも邪魔してくれたよなあ」

と、背の低い奴が言った。映画に出てくるマシュマロマンを、さらにぶよぶよにしたみたいな感じの奴だ。

「このケツどうしてくれんだよこの野郎」

と尻餅男。

「このビショビショのケツをよう、ええ？　この野郎」

語尾のそれは、どうもクセらしい。

都が僕の袖をぎゅっと握りしめてくる。そのひじをつかんでとにかく背中の後ろに隠しておき、僕はおとなしく頭を下げた。

「今のは、俺が悪かった」

すかさず、残った一番でかいのが怒鳴った。

「悪かったで済みゃあ警察はいらねんだよ」

絶対、誰か言うだろうと思った。

緊張のせいか、頭の芯がへんに醒めて、一方では胃のあたりにみるみるしこりができていく。さっぱり現実感がない。いきなりドラマのなかに放り込まれたような感じだ。

三人がまわりを取り囲む。

尻餅男が言った。

「一人だからって手抜きはしてやらねぇぞ」

手抜きというのがブラックユーモアのつもりなのか、それとも単に手加減の間違いなのか、一瞬まじめに悩んだ。

「都」

「表通りまで走れ」

僕はふりむかずにささやいた。

「いやよ」

「馬鹿、いいから走れ」

「てめえら、逃げられるとでも……」

瞬間、スクラムの体勢で肩からダッと前に出た。マシュマロマンが吹っ飛ぶ。

振り向きざまに隣のでかいのの足もとを払い、向かって来ようとした尻餅男の右ストレートをかいくぐって、呆然《ぼうぜん》としていた都の腕をつかんだ。

「来い！」

とたんに、足首をつかまれた。体が宙に浮き、地面にたたきつけられる。

「隆之！」

「逃げろ、みや……」

あとは息の塊《かたまり》になって飛び出す。背中に二人が飛び乗ったのだ。

腕は後ろにねじり上げられ、顔をアスファルトにゴリゴリこすりつけられる。頬骨の上がすりむけていくのがわかった。

頭を何度も踏みつけられる。横に転がされて腹を蹴られる。

押さえつけているマシュマロマンをはね飛ばそうとしたが、重くてだめだった。一体、なに食ってやがんだこいつ。

隙を見てどうにかうつぶせになる。起き上がろうとすると、手の甲を踏みにじられた。爪に激痛が走る。剥がれたなと思ったとたん、あごを蹴り上げられた。あいまに、都の悲鳴が響く。

必死に体を丸めた。のどぼとけをつぶされたら一巻の終わりだ。

アルマジロみたいに丸まった僕を、六本の足が好きなだけ蹴ってくれた。一人が革靴を履いていて、これがめっぽう痛い。

「やめなさいよあんたたち！」

都が体当たりしたらしく、蹴ってくる足が一瞬だけ一人分減った。

「てめえよう、女にモテんだろうなあ、ええこの野郎」

尻餅男のかん高い声が降ってくる。

「このあまも、相当好きそうな顔してやがらあ」

口を引き裂いてやりたかった。

「みや……こ……」

行け、と言いたいのに声にならない。

「放してよ、バカッ！」

力をふりしぼって頭をもたげると、すぐ上で尻餅男が都をおさえつけ、彼女のコートのポケットにでかい手をつっこんでいた。赤い財布をつかみ出す。

「そんなのあげる、だからもうやめてよ、お願い！　もういいじゃない！」

「うるせんだよ。どいてろ、おめえは後だ」

都の鋭い悲鳴がそれに重なる。

「都！」

僕はもがきながら起き上がろうとした。頬と肩を蹴られ、横からどつかれて倒れそうになり、とっさに目の前にいた尻餅男のベルトをつかむ。ふり払えずに相手があとずさる力を利用して、のめるように立ち上がる。

すぐそこに、都がつき転ばされていた。

視野が、怒りで黄色く染まった。

息を詰める。こぶしを、相手の鼻めがけてたたきつける。

ロングパスの時のように、肩から手の先まで力がストーンと抜けて弾けた。

くぐもった声をもらして、相手の体が後ろ向きに吹っ飛んだ。

後ろから二人に飛びつかれ、羽交《はが》い締めにされる。マシュマロマンが前に回ってきて、都が飛びついてくるよりはやく、思いきり急所を蹴りあげられた。

「いやあああ！」

声も出ない。あまりの激烈な痛みに、手を放されて崩れ落ちたのもわからなかった。

涙とよだれにまみれて転げまわる。気が遠くなっていく。いっそ気を失えば楽なのに、痛みのあまりそれすらもできない。

目の端に、都が走り出すのが映った。そうだ都、逃げろ。こいつら何するかわからねえぞ。

おかしな話だ。こんな目にあっていながら、僕は奇妙な満足を覚えていた。都がああして無事でいるからではない。都をかばう形でこうして殴られている自分に陶酔していたのだ。

殴られ、蹴られ、傷《いた》めつけられるほどに、僕は女のために戦っている男らしい男を演じることができた。都をかばって傷を負うことが、まるで男としての勲章であるかのように思えた。

それは、宏樹を思い切れないままずるずると時を過ごしている僕とは、まったく別人のような自分だった。口の中で、都、逃げろ、都、とブツブツ繰り返しているうちに、本当に彼女に惚れぬいているかのような錯覚にさえ陥りかける。

ふいに、かすんだ目に光の束が突き刺さった。

「助けて！」

キキキイイイイィィッッ……とタイヤのきしむ音。

「お願い、助けて！」

都が何かをバンバンたたいて叫んでいる。

「おい、お前たちそこで何やってる！」

光の強さが倍になった。誰かがヘッドライトを上向きにしているらしい。

「やばいよ」

「けッ！　運のいい野郎だぜ」

あばら骨の間にガッガッと硬い靴先が食い込んだ。ポケットをまさぐられ、ばらで入っていたなけなしの札と小銭を抜き取られる。

さらにみぞおちにも一発。それを最後に、足音がばたばたと遠ざかる。

「隆之ッ！」

おかしい。都の手は確かに僕を抱え起こしているのに、何も感じない。潮が引くように、すうっと声が遠のいていく。

口だけが、惰性で動いてしまった。

「に・げ・ろ・み・や・こ」

◆

あらためて、ぞっとしていた。あのタクシーが停まってくれなかったら、今ごろはどうなっていただろう。

隆之はそのへんの海にでも投げこまれ、あたしはどこかに連れ込まれて死ぬまでまわされてた？

そこまではいかないにしても、真ん前に飛び出した時点であたしはまず、轢《ひ》かれて死んでいたはずだった。あんな連中に好きにされるよりは、よっぽどましだけど。

タクシーの後ろにはお客が一人乗っていて、お願いだからそこまで一緒に乗せてと言っているのに、隆之を抱えおこそうとしている間に走り去ってしまった。運転手さんを無理やり急《せ》かしたに違いない。三人のクズどもと同じくらい憎らしく思えた。

隆之が苦しそうにつぶやく。

「に・げ・ろ・み・や・こ」

どうしようもなくて隆之をいったんそこに残し、走って行って、つき当たりを曲がったところにあった電話ボックスに飛び込んだ。お財布は盗《と》られて、ほとんど無一文に近い。ジーンズのポケットにかろうじて残っていた十円玉三個を入れる。

電話に出たのはバルデス氏だった。

「光輝を……光輝をお願いします！」

あたしだとわかると、バルデス氏は無言で受話器を置いた。

プツッ。……ツーッ・ツーッ・ツーッ………。

耳を疑った。いくらあたしが憎らしいからって、よりによってこんな時にあんまりだ。もう一度かける。しばらく呼び出し音が鳴って、ようやく受話器が上げられた。

「切らないでお願い！　友達がケガをし」

プツッ。……ツーッ・ツーッ・ツーッ………。

あたしは電話をひっぱたき、ガラスを蹴飛ばした。フェルナンド・バルデス！　あんた絶対、地獄に落ちるわよ！

もう一度かける危険はおかせなかった。またあいつが出ればどうせ切られるだけだし、十円玉はあと一個しかない。

別荘まで走って戻って直接光輝に助けを求めようかとも思ったけれど、それもあまりにも無謀だった。あの三人が万一引き返して来たら？　あんなところに隆之を残してはおけない。

いても立ってもいられなくなった。ぐずぐずしているうちに、そう、この間にも、隆之が何かされてるかもしれないのに。

あたしは残った一個だけの十円玉を握りしめた。

救急車なんて駄目、そんな騒ぎになったら隆之はきっとまた、家ですごくつらい思いをするに決まってる。

ことあるごとに亡くなったお兄さんと比べられて、出来損ないだの恥さらしだのと言われて。ありのままの自分を誰も認めようとしてくれないことに、隆之がどんなに手ひどく傷ついてるか、あたしは知っている。だからもちろん、彼の家に電話するのも論外。

宏樹くん。ああ、でも彼の番号は知らない。うちに帰れば名簿があるけど、今はわからない。彼と響子さんて人だったら、きっと助けてくれたのに。

親指の爪をギザギザに嚙んだ。

タクシー会社は？　でも、あそこはよく有無を言わせず録音テープで人を待たせる。

ここの場所だって説明しなきゃならないし、十円玉一個じゃ賭けみたいなものだ……。

あたしは、ひとつ息をついた。投入口にカシャン、と十円玉を落とし込む。

プッシュボタンを押して、呼び出し音に耳を澄ませる――。

電話を切って、さっきの場所まで走って戻ると、隆之はちょうど気がついたところだった。

「隆之、あたしよ。わかる？」

彼は薄く目を開けた。

「………。あんた……誰？」

「ばかね」

頭をそっと抱えあげて、膝にのせる。隆之が痛そうに呻いてぎゅっと目を閉じた。

お尻の下で、アスファルトが冷たかった。妊娠には冷えるのが一番良くないと言うけれど、もう関係ないし、それどころでもない。

「すぐ迎えが来るわ」

隆之の下唇は切れて、二倍に腫れ上がっていた。おでこと鼻の先がすりむけ、頬骨の上の皮膚がめくれて血まみれになっている。服を脱がせたらきっと、体じゅう痣《あざ》だらけだろう。左手の甲が裂け、小指の爪が剝がれて取れかかっているのが見えて、あたしはぶるっとなった。

「寒い……のか？」

かすれる声を押し出すようにして、彼はささやいた。あたしは首を横にふる。

隆之は、また目を閉じた。ゲホッゲホッと咳《せ》きこんで、痛《いて》てて、と唸《うな》る。

あたしは彼の額の傷にはりついた髪を、そうっとかき上げた。

「なんで、逃げなかったんだ」

と彼は言った。

あたしは黙っていた。

「ばかなヤツ」

「…………」

「だいたい、お前は、頑固なん」

言いかけて隆之は、びっくりしたように目を開けた。しばらくあたしの顔を見あげていたあと、

「それ、痛えよ。しみる」

あたしは慌てて、彼の頬に落ちたものを指でぬぐった。

隆之は、腕を持ち上げようとして顔をゆがめ、あきらめてまた体の力を抜いた。

「泣くなよ」

と彼は言った。

「俺、お前が思ってるようなんじゃないよ。そんな、立派なもんじゃない」

訊き返そうとした時、道の向こうが明るくなり、ライトの束がぐるりと角を曲がってきた。逆光だったけれど、エンジンの音でわかった。

接岸する船のようにゆっくりと、小さなボルボはあたしたちの横に停まった。ライトが消え、エンジンが切られる。あたりがまたシンとなった。

「誰を呼んだんだ」

一瞬言葉につまり、気まずく目をそらせたあたしを見て、隆之は体をこわばらせた。

「都。お前……」

あたしは答えなかった。

ドアが開いて、やせた人影が降り立つ。

隆之は、深い深いため息をついた。聞き取れないほど小さな声でつぶやく。

「お前ってほんと、ばか」


夜更けから高熱が出た。往診してくれた医者が予言したとおりだった。

注射を打たれ、包帯を巻かれ、あちこちにガーゼや絆創膏《ばんそうこう》をぺたぺた貼られた隆之は、時折大きな体をよじるようにして呻きながらも、こんこんと眠り続けている。あたしのベッドがまるで子供用みたいに小さく見える。

昼からこぼれるうわごとは、ほとんどが悪態だった。あとは、何度かあたしを呼んだのと、宏樹くんの名前も、一度だけ。

部屋の明かりは消してあった。開いたままのドアから廊下の明かりがさし、窓からは月の光がさしこんで、隆之の寝顔をぼんやりと照らしている。

車に乗せられてから後、隆之はひとことも口をきかなかった。揺れると顔をゆがめはしたが、声はもらさなかった。

そうして、ただじっとあたしの顔を見つめていた。あたしはそのうち目を合わせられなくなって、それきり家に着くまでずうっと下を向いていなければならなかった。

ちょっと腹が立った。あたしだって好きで北崎を呼んだわけじゃないのに。どうしようもなくて、隆之のためだから仕方なくそうしたのに。

でも、隆之はまるで見透かすようにあたしを見つめ続けていた。頼んだら北崎がすぐ来てくれたことに、あたしがまた自惚れそうになっているのを……北崎をまだ自分の男であるかのように思いこみたがっているのを、彼はちゃんと見抜いていたのだ。

スッと部屋が暗くなった。わざとふり向かないでいると、ドアのところに立ったまま北崎が言った。

「もう、帰ってもかまわないか」

いやな言いかただと思った。どうしてもと頼むから来てやったのだと、わざわざ念を押しているのだ。そうでもなければ、あたしの許可なんか必要とする北崎ではない。

あたしは立ち上がり、隆之の布団を直してやってから廊下に出ていった。

「出発までに、まだ色々と準備があるんでね」

廊下の壁に寄りかかって、北崎は言った。今夜はスリッパは履いてない。出す暇がなかった。

「そう」

と、あたしは言った。

「どこへ行くか、訊かないのか」

「興味ないもの」

北崎はふふんと鼻を鳴らした。

渋い紫色のセーターが、悔しいくらいよく似合っている。彼は絶対に、自分が選んだもの以外は着ようとしない。ずっと前の誕生日にあたしが贈ったシャツも、一度も袖を通されることはなかった。

「なあ、都」

なれなれしく呼ばないでよ。そう思ったけれど黙っていた。

「まだ礼を言われていないような気がするんだがな」

あたしは口を結んでいた。

「このくそ寒い、忙しい晩にいきなり電話で呼び出されて、新しくできたオトコの世話までさせられて、それで礼の言葉のひとつもなしか？」

「隆之はそんなんじゃないわ」

むきになって否定してから、馬鹿らしくなった。北崎相手に釈明する必要などない。そう思いたければ思わせておけばいいのだ。

とはいえ、彼の言い分自体はまったく筋が通っている。あたしはわざとらしく咳払《せきばら》いをした。

「でも……お蔭《かげ》で助かったわ。ありがとう」

「いつもそのくらい素直だといいのにな」

驚いて目を上げると、北崎はじっとあたしを見おろしていた。真顔だが、目だけが少し和《なご》んでいる。

「どういう意味よ、それ」

「言葉どおりの意味さ」

「……あんなことまでしといて、よくも言えたわね」

「あんなこととは？」

あたしは北崎をにらみ上げた。

「あたしに、それを、訊くの？」

「俺は、本当にお前が嫌がることをした覚えは一度もないぜ」

ひどい。そんな言いかたってない。

たとえそれが真実だとしたって、相手の最後の逃げ道までふさぐような攻めかたはあんまりだ。両手を握りしめ、てのひらに爪を立てて、こみ上げてくる感情をこらえる。

暖房がきき過ぎて家の中がむんとしてきたせいか、さっきから周期的な吐き気が戻ってきていた。外にいる間、不思議なほど忘れていられたのは、寒いだけじゃなくて隆之のことで必死になっていたからだろう。

「お前も、顔色が悪いな」

と北崎が言った。

「何か食って、なるべく早く寝ろ」

「……うん」

あたしは戸惑いながらうなずいた。どういう風の吹き回しだろう。この人の言葉とも思えない。

後について階段を降りる。典子さんがいつも念入りに磨いてくれるせいで、手すりはつやつやしている。

キッチンに明かりがついていたので覗いてみると、炊飯器から湯気が上がっていた。

びっくりして北崎をふりむく。

「洗ってあった。俺はスイッチを押しただけだ」

炊飯器がちょうど炊き上げに入ったらしく、シュウシュウ音をたて始めた。白い湯気が盛んに噴き出す。

「しっかり食えよ」

キッチンの入口の柱に、あたしはぐったりともたれた。組んだ腕で、自分の体を抱きかかえる。

「いつもそのくらい優しければよかったのにね」

さっきの北崎を真似て言い返す。未練がましく聞こえないようにと思うと、ついきつい口調になった。

北崎は少しためらって、それから大股に近づいてきた。慌てて体を引こうとしたあたしの手首をつかむ。

「何をする気よ」

「何をしてほしい？」

「あんたのそういうとこ、すごく鼻につく」

それは、今までで一番といってもいいほど穏やかなキスだった。

どうかしてる、と思いながらも、あたしはやっぱりじっとしていた。隆之の言うとおりだった。ほんとにあたしって、ばかだ。

その時——ふいにぎゅうっと胃が縮んで、のどの方へせり上がってきた。文字通り北崎の口の中に吐きそうになって慌てて突き飛ばし、そのまま流しへ駆け寄る。

匂いだ。炊き上がったご飯の湯気の匂い。吐いてもほとんど胃液しか出なくて、苦しくて鼻から息を吸い込んで、その匂いにうえっとなってまた吐きそうになる。

まちがえて胃袋まで出てきちゃったら？　考えて、ぞっとする。

「どうしたんだ」

後ろから北崎が背中をさすり、あたしは急いで手を伸ばして蛇口をひねった。水が、わずかばかりの汚いものを流していく。

「お前……」

北崎の声が、急に緊張した。

「都、お前それ、まさか……」

「誤解しないで」

あたしはぴしゃりと言った。そこにあったタオルで口もとをぬぐう。

「何でもないの。ちょっと疲れてるだけ、心配ないわ」

「都」

北崎はあたしの肩をつかんで向き直らせた。

「最後に生理があったの、いつだ？」

あたしは思いきりうんざりした顔を作ってみせた。

「そういうこと訊くのって、最低」

「いいから答えろ。いつだ？」

「知らないわよ。ほっといてよ。あんたに関係ないじゃない」

「馬鹿、大ありだ。答えろ都。……都！」

「痛いじゃないよ放してよッ！」

「都、いつだ」

北崎はあたしをがくがく揺さぶった。

「いつだと訊いてるんだ！」

「ずっと前よ！」

思わず怒鳴っていた。

「だから何なのよ！　迷惑なんかかけないわよ、ちゃんと自分で始末できるわ。あんたの力なんか借りない、責任とれなんて言わないし誰にもしゃべらない、だからお願い、ほっといて、もうあたしにかまわないで！」

「そんなわけに……」

「おい」

ぎくっとして、北崎は入口をふり返った。

柱にすがるようにして、隆之が立っていた。

「いいかげんに、都を自由にしてやれよ」

と隆之は言った。

北崎の顔に皮肉な笑いが浮かんだ。

「縛りつけた覚えはないがね」

「充分縛りつけてるじゃないかよ！」

隆之は、唇の際に貼ってある絆創膏をわずらわしそうにむしり取った。

「こいつのことが欲しいなら、ちゃんと取れよ。気が向いた時だけつまみ食いなんて、汚い真似すんじゃねえよ。全部か、ゼロか、どっちか選べよ。いい年こいていつまでもふらふらしやがって、てめえの気まぐれでいちいちふり回されるこいつの気持ちにもなってみろ！」

隆之は、肩で息をついていた。顔が赤いのも、怒りのためばかりではなさそうだった。まだ熱が高いのだ。

と、北崎がクッと笑った。

「何がおかしいんだよ」

「別に。君なんかあそこに転がしといて、都だけ拾ってくるんだったと思っただけさ」

北崎は、ゆっくりとあたしをふり向いた。

「帰るよ。また来る」

「来ないで。もう用もないでしょ」

「ひとつだけ、頼みがある」

「頼まれても困るわ」

「いいから聞けよ」

北崎はいらだたしげに言った。

「………。なによ」

「年が明けたら、一週間で帰ってくる。それまで、何もしないでいてくれ」

「何もって？」

「堕《お》ろすな、ということだ」

聞き間違いかと思った。すぐに堕ろせ、とは言われても、その逆は絶対にあり得ないと思っていた。いったいこの人は、何を血迷っているのだろう。あたしを嬲《なぶ》るのが、そんなに楽しいのだろうか。

「冗談言わないで！」

あたしは思わず叫んでいた。

「あんたにそれを言う権利なんかないわよ」

「いいや、あるね」

抑えた声で、北崎は言った。

「俺は父親だ。そうだろう」

「急にいばっちゃって、馬鹿じゃないの？」

あたしは思いきり嗤《わら》ってやった。

「男は構造上、誰だって父親になれるのよ。これだってただの偶然、何も特別なことじゃない。あんたの指図なんて受けないわ」

そうして必死にはねつけていないと、崩れてしまいそうだった。いま目の前にいる北崎が……お互いの体の隅々まで知りつくしているはずのこの男が、まるで見ず知らずの人間のように思えてくる。これは北崎じゃない。あたしの知っている北崎じゃない。

「頼む、都」

と、彼は言った。

「とりあえず、俺が帰ってくるまでだけでいいんだ」

「あたしのことはあたしが決めるわ」

「…………」

北崎が何かをこらえるように、おし殺したような息を長々と吐いた。それからもう一度大きく吸い込み、最後にひとつだけ、ふっ……と短いため息をついた。

それ以上、何も言い返さなかった。黙って肩をすくめると、隆之の横をすり抜けて出て行く。もう、振り返りもしない。

テーブルの上から車のキーをとり上げる音がした。居間のドアが開き、閉まり、玄関のドアが開き、そして閉まり、やがてエンジンのかかる音がして、ボルボが夜の中を遠ざかって行く。

流しに寄りかかってぼんやりしていると、隆之がそばにきた。ひと足ごとがとても億劫そうだ。

「起きたりしちゃダメじゃない」

「うん。のどがカラカラでさ」

あたしは冷凍庫から氷を出し、グラスいっぱいに水をくんで隆之に手わたした。

「都」

「ん？」

「あんなやつに、何でこだわるんだよ」

「うん。何でかなあ」

あたしはうつむいて、思わず笑ってしまった。

「ほんとに、何でなのかしらね。いい思いしたことなんか、ろくにないのに」

隆之は、それきり黙って水を飲みほした。グラスの中で、氷がカラン……といい音をたてた。

♠

目を開けると、顔の左上に窓があった。見慣れない深緑色のカーテンが十センチほど開き、すきまから白木の枠のガラス窓がのぞいている。手を伸ばして、薄氷のような窓にびっしりとついた水滴をぬぐう。冷たさで、少し頭がはっきりした。空の白さを見る限り、外は寒そうだ。

部屋の中はあいかわらずガランと広いが、暖房がしっかりきいているおかげでぬくぬくしている。反対側のドアの上の時計が、七時五分前を指していた。僕にしてはずいぶん早く目が覚めたものだ。

身動きするだけでギシギシときしむ節々をなだめすかしながら、両肘をついてどうにか上体を起こすと、生乾きのタオルが額からぱらりとはがれて落ちた。

布団の上をぼうっと眺める。道理で重いはずだ。右腿のすぐ脇に、都がつっぷして眠り込んでいた。

低い椅子に座ったまま、顔はこちらを向いていて、半開きの唇から白い前歯が少しだけのぞいている。まっすぐで濃い男の子のような眉と、まぶたを閉じてもきゅっと吊り上がっているまなじり。鼻も、口も、あごの輪郭も肩の線も、どれをとってもあまりに都らしくて、ふと微笑を浮かべている自分に気づく。

真夜中、うなされて大声をあげたとき、額がふいにひんやりしたのをかすかに覚えていた。耳もとにささやく声で、都の手だとわかった。細くて冷たいあの指の感触を思い出す。

あれから後は夢も見ずに眠れたことを思うと、都はずっと横についてタオルをかえてくれていたらしい。でもそれは、僕だけのためではないような気がした。おそらく都自身、あの男のことでよほど眠れなかったか、よほど寂しかったかして、とても一人ではいられなかったのだろう。

寝顔のあどけなさが、何だかせつなかった。眠っている時のほうが、彼女は幸せそうにみえる。

視野の端で、何か白いものがはらりと落ちた。かすかに空気がふるえる。フローリングの床の上に、咲き終わったシクラメンの花びらが落ちていた。

鉢植えの置かれているスチール製のキャビネットの中に、写真集が何十冊も並べられている。背表紙は色も厚さも高さもばらばらだが、洋書の多いのが目につく。

頭を横にかしげて読んでみた。

ＤＡＶ……デヴィッド・シーモア？　……ユージン・スミス？

ロバート・キャパの名前だけはさすがに聞いたことがあったが、僕が中身をそれなりにイメージできるのは結局、篠山紀信《しのやまきしん》だけだった。

キャビネットと白いシクラメンのすぐ上の壁には、全紙サイズに引き伸ばした写真のパネルが一枚だけかけられている。この前来た時は気にもとめなかったが、こうしてあらためて眺めてみると、それはものすごく暗い写真だった。モノクロだからでは、もちろんない。テーマ自体に救いがないのだ。

半分崩れかけた石造りの塀に、どこの国の兵士だろう、軍服をだらしなく着くずした男がもたれている。腿の半ばから下は写っていない。

彫りの深い顔は下品ににやけていて、口の開け方からするとどうもガムをくちゃくちゃやっているらしい。右腕はサブマシンガンを抱えたままだ。異なる民族とひと目でわかる若い女を後ろから乱暴に抱きすくめていて、その胸もとから左手を無遠慮に差し入れ、乳房をわしづかみにしている。

驚くほど知的で整った顔だちをした女は、生きることそれ自体を放棄したように、うつろな目をして右手の親指の爪を噛んでいる。だらんと力なくたれた左手。その指先を――画面の下から伸びた小さな小さな手が、必死の力で握りしめていた。

兵士と女を撮った写真ではないという気がした。実際には画面に写っていない幼い子供、それこそが、ファインダーのこちら側の人間が本当に撮りたかったものなのだ。

支えている肩がだるくなってきて、僕は再び、痛みに顔をしかめながら仰向けに体を横たえた。

写真を撮ったのが北崎毅だということは一発でわかった。そして、僕がいま胸の悪くなるような気分を味わっているのは、写真の女が都に、兵士が北崎に重なって見えるからだった。

まったく、よくいつまでもあんな男の撮った写真を飾っておけるな。そう思うと、腹が立って仕方なかった。その作品が、質的にはすでに、北崎という撮り手の人間性など凌駕《りょうが》したところに存在しているということは承知の上で、それでもやっぱり腹は立った。

布団の下から右手を抜き出し、起こさないように気をつけながら、そうっと都の頭の上に置く。耳のふちだけが、少し冷たい。てのひらをあてて温めてやると、彼女はかすかに声をもらした。規則正しい息づかいがいっとき変則的になって、また元に戻る。

抱き上げてベッドに寝かせてやりたかったが、今朝の僕にそんな力はなかった。なにより、この静かな時間をもう少しだけ味わっていたいとも思った。

以前はよく宏樹と、こういう時間を過ごしたものだ。家でどんなにいやなことがあっても、彼と一緒にいれば、ささくれだった感情はいつのまにか鎮まっていた。

だがこのごろではもう、宏樹は僕よりも葉山響子といる時間の方が長い。僕は僕で、一生かかっても彼を手に入れる日は来ないという空虚感を埋める術《すべ》を、こうしてどうにか見つけようとしている。宏樹に対する想いとは別のものであるにしろ、互いの間にわずかのごまかしもないという意味において、それは決して何かの代わりやニセ物ではない。

響子と一緒になれないなら、家を捨てる。そう言ったのは、死んだ兄貴だった。兄貴にとっては、あの恋こそが本物だったのだ。そして今は、宏樹が同じ状態にある。

いったい、葉山響子という女には、何か特別な力でも備わっているのだろうか。それとも……女ってやつは多かれ少なかれ、みんなそんなふうな不可思議な生きものなんだろうか。

くしゅん、と都がくしゃみをした。

「都」

僕は彼女のあごを、人差し指でちょいちょいとつついた。

「み、や、こ」

「ん……」

目を閉じたまま、彼女がもぐもぐとつぶやく。

「いま、なんじ?」

「七時十五分」

「ふううん……」

そのまま再び眠りに落ちようとする彼女をもう一度つついて起こし、僕は言った。

「ちゃんと横になって寝てこいよ。それとも、このベッド空けようか？」

彼女はぐらりと重たそうに頭を持ち上げ、なかなか開かない目をごしごしこすった。

「ねえ、隆之」

「ああ？」

「知ってる？」

「何を」

「このベッドねーえ、セミダブルなの」

「……なるほど」

口の中で、痛てて、というつぶやきをかみ殺しながら、僕は左の端に寄った。

部屋着の上にはおっていたカーディガンと靴下を床に脱ぎ捨て、ごそごそと都がもぐりこんでくる。

「こっちの腕、痛くない？」

「そっちは大丈夫だな」

「じゃあ、腕枕して」

いいとも何とも言っていないのに、彼女はさっさと僕に右腕を伸ばさせ、力こぶのあたりに頭をのせた。くるりとむこうを向いて猫のように丸くなり、僕の脇腹にぴったりと背中を押しつけてくる。

あっというまに、寝息が聞こえ始めた。

腕枕を真ん中で折り曲げ、細い体を抱きかかえるようにして、彼女の上になったほうの肩にてのひらを置く。彼女の頭の後ろに、そっと頬を寄せる。

もう一度都が目を覚ますまでの何時間か、僕はずっとそうして天井を見あげていた。


家に帰り着いたのは、夕方になってからだった。ゆうべは図らずも無断で外泊したわけで、こうして暗くなる前に帰るあたり、僕なりに神妙に反省の色を見せたつもりだったのだ。だが、そんな理屈が親父やおふくろに通じるわけはなかった。

傷と痣だらけの僕の顔を見るなり、おふくろは青くなった。

「隆之あんた、それいったい……」

「タックル食らった」

「嘘おっしゃい！」

「スクラムの下敷きになった」

「喧嘩《けんか》ね？　喧嘩したんでしょう？」

「…………」

親父が帰ってくると、同じ詰問が一から繰り返された。相手についても、原因につい

ても、ゆうべどこへ泊まったかさえしゃべろうとしない僕に向かって、

「出ていけ！」

とうとう親父は怒鳴った。

「お前みたいな自分勝手な奴は、この家には要らん！」

これだから、大人は汚い。本当に出ていくことなんか出来ないと知っているくせに、いや、知っているからこそ、平気で出ていけと口にするのだ。

「連絡できる状態なら、してたよ」

と、僕は言った。座敷に正座させられていた。奴らに蹴られた膝の痛みが、だんだん耐えがたくなってくる。

「心配かけたのは悪かったって、さっきから謝ってるじゃないか」

「謝ればいいという、その態度が気に食わんのだ！」

親父は床の間の前にあぐらをかいたまま、新聞でテーブルをたたいた。何度目かの同じセリフだ。

僕はため息をついた。

「じゃあどうしろって言うのさ。土下座して額でもこすりつければいいわけ？」

「なんだと？　開き直る気か？」

いいかげんうんざりしてきて、僕は投げやりに言った。

「もういいよ、よくわかったよ」

「何がわかったんだ。何もわかっとらんじゃないか。だいたいお前は、」

「いいよ、もう。親父は最初から、俺をいじめるのが楽しいだけなんじゃないか」

「なにい?」

親父の顔色が変わった。みるみる頬が紅潮してくる。

「もういっぺん言ってみろ」

「ああ、何べんでも言ってやるよ」

立ち上がろうとすると、痛みに顔がゆがんだ。膝がきしむ。よろけながらも踏みとどまって親父をにらみおろす。

「自分勝手なのは親父だろうがよ」

と僕は言った。

「タテマエで親ぶってなんかいねえで、はっきり言えばいいじゃないか、俺が目障りだって。そりゃそうだろうさ、あんたらのお気に入りだった兄貴とは、何から何まで大違いだもんな。いいよ。出てけって言うなら出てってやるよ。この家にいて、あんたらの押しつけに振りまわされてるくらいなら、俺だってその方がずっと気が楽だよ」

あっけにとられている親父を尻目に、さっさと座敷を出る。慌てて追いすがり、くどくどと何か言いながら廊下をついてくるおふくろを、ふりほどいて玄関に下りる。

靴を履いていると、親父の声が背中に降ってきた。

「許さん！　家を出るなど、わしは絶対に許さんぞ」

靴のひもを結んで立ち上がり、ゆっくりと向き直る。親父は座敷の前につっ立って、片手で柱をわしづかみにしていた。

「あんた、さっき自分で何つったよ」

半ばあきれながら、僕は言った。

「出ていけっつったかと思や、今度は出ていくなっつったり。こっちはいい迷惑だよ、親父の勝手な押しつけに年中イライラさせられて。言っとくけどな、俺は兄貴みたいにはならないぜ。親の言うこと何でもハイハイ聞いて、好きなこともろくにできないまま死んでくなんて、まっぴらだ」

親父が突然、奇妙なうなり声を上げて廊下を突進してきた。

玄関を飛び出し、背中でバンッとドアを閉める。つい、いつものように門を飛び越えようとして、空中で後悔した。案の定、着地が体じゅうの骨にひびいて、思わず声をあげる。

暗くなりはじめた道を、とりあえず駅の方角へと歩き始める。親父たちは、外にまでは追いかけて来なかった。世間体しか頭にないのか、あるいはどうせすぐ帰ってくると思っているのだろう。

二度と戻りたくない気分だったが、かといって行くあてがあるわけでもない。宏樹のところはもちろん考えたし、こういう事情にかこつけて彼と親密に過ごすのは悪くないとも思ったが、いかんせんあまりにも家が近過ぎる。母親どうし仲がよくて、どんな秘密も筒抜けというのも困りものだ。

海岸に面した児童公園で、ペンキの剝げたパンダの背中に腰をおろしてしばらくぼうっとしていた。クラスの友達や後輩のところに転がり込んでもいいのだが、いろいろと細かい事情を説明するのはとても面倒に思える。

結局、また都のところに行くしかないのだろうか。何でもかんでも彼女に頼り切ってしまう自分が、少しふがいない。

都と知り合う前は、こういう時どうやって自分の感情に始末をつけていたのだろう。当然、何もかも一人で処理していたはずだし、それもそんなに前のことではないのに、思い出そうとしてもうまくいかなかった。

ただ、あの頃は、正面きって親父とぶつかるのを意図的に避けていたのは確かだ。僕はずっと、いろんなことをあきらめて暮らしていた。

することがないと、時間がたつのは遅い。ひまつぶしにブランコにでも乗ろうとしてみたが、板の幅が狭い上に低くてろくにこげない。ジャングルジムも四角が小さくて肩が入らなかったし、銀色の滑り台は見るからに冷たそうだ。

だいたい、野郎が一人、暗くなった児童公園で遊んでいるのも不気味だなと思いなおして、また歩き出す。

金はゆうべあいつらに盗られたままだったから、喫茶店に入るわけにもいかなかった。本屋をはしごして、月刊のラグビー雑誌と、ジャンプを立ち読みした。

「蛍の光」に追われるように、仕方なく店を出る。看板のネオンがスッと消えて、星の光が戻ってきた。一瞬にして体が芯から冷えていく。それでも、晴れていたからまだよかったのだ。雨だったら、捨て猫の気分になるところだった。

県道に沿ってぶらぶら歩く。

つるんで走るバイクが一群、すさまじい轟音《ごうおん》と共に追い越していった。風にあおられてよろけそうになる。少し間を置いて、怒り狂ったパトカーが後を追いかけていく。騒音公害という点ではどっちもどっちだ。

立ち止まって、遠ざかっていく轟音とサイレンに耳を澄ませた。完全に聞こえなくなるのには、ずいぶん長くかかった。冬の澄んだ空気は、音や光を遠くへ運ぶ。

弁当屋のネオンに腕時計を透かして見ると、八時をまわっていた。条件反射のように腹がぐぐぐと鳴る。僕はとうとう観念して、都の家へ足を向けた。

玄関のドアを開けて、僕がまた戻ってきてしまったのを見たら、都はどんな顔をするだろう。あきれるだろうか。それとも、思った通りだと言って笑うだろうか。

夕方通った同じ道を、またてくてく戻る。文字通りの白亜の豪邸の大屋根が、古い旅館の向こうに見えてくる。

ふいに、男が一人、暗がりから街灯の下に踏み出した。

「……んだよ、おどかすなよォ」

あの連中が待ち伏せていたのかと思った。

「このへんで待ってれば、たぶん会えると思ったんだ」

と、宏樹は言った。行動を読まれているというのは、相手が宏樹でも、あまりいい気分ではない。

「お前、家飛び出したんだって？」

「なんで知ってるんだ？」

「さっきうちに電話があったんだ、お前のおふくろさんから。ゆうべ、帰らなかったんだってな」

「………」

「ゆうべも工藤んとこか？」

僕は答えなかった。

宏樹は、ため息をついた。

「それ、誰にやられたのさ」

「お前も知ってる奴ら」

「え？」

「あの三人組だよ。ゲーセンの」

「呼び出されたのか？」

「いや。偶然会った」

いつもならそこでいろいろ訊いてくるはずの宏樹が、今日は何も言わない。何となく肩が落ちている。僕を心配して待っていたのではなさそうだった。

「何かあったのか？」

と僕は言った。本当なら僕のほうが、そう訊いてもらいたかった。

宏樹はちらりとつらそうに目を上げ、僕の切れた唇を見ると眉をひそめた。

「ひっでえ顔」

「ほっとけ」

いきなり彼は、すぐ横の家の門柱に背中を打ちつけるようにして寄りかかった。

「なあ、隆之」

なかなか出てきたがらない言葉を、無理に押し出そうとしているように見える。スニーカーの先で、地面を何度も蹴っている。

やっとのことで彼が口にした言葉は、こうだった。

「お前の兄貴って、どんな奴だったんだ？」

来たか、と思った。いつかはこう訊かれる時が来ると、ずっと前から思っていた。どこから聞きつけたのだろう。まさか、葉山響子が自分で打ち明けたなんてことはあるはずがない。

それでも何食わぬ顔を装って、僕は訊き返した。

「何だよ。どうしたんだよ急に」

「とぼけるなよ」

宏樹は声を荒らげた。

「お前、知ってたんだろ？　知ってて、ずっと黙ってたんだろ？」

「…………」

「響子に、口止めされてたのか？」

「──いいや。一度も」

宏樹は下唇をかみしめた。かんだところが白くなって、今にも血が出そうだ。やめさせようとして思わず手が伸びかけた時、

「死んだ人に向かって、こう言うのも何だけどさ」

「うん」

「…………」

「いいから、言えよ」

するとと宏樹は、押し殺した声でひとこと、吐き捨てるように言った。

「――殺してやりてえよ」

そうして彼は目を上げ、僕をまっすぐににらみ据えた。まるで僕が、兄貴本人ででもあるかのように。

第3章

◆

窓際の席から水平線を見はるかすと、指の先まで真っ青に染まる気がした。

一階から三階まで、どの教室からでも海は見えるけれど、三階の南の角にあるこの化学室からの眺めが一番いい。

小さい頃あたしは、海が青いのは空を映しているせいだと思っていた。雨の日の海が黒く見えるのも、季節のかわり目にぱっきりと色を変えるのも、それで全部説明がつくと思っていた。そうじゃないって知った時は、わりとがっかりしたものだ。サンタクロースの時よりも、ショックは大きかったかもしれない。

前のクラスが実験でもしたのだろうか。鼻をつく薬品の臭いがつらくて、寒いのを覚悟で少しだけ窓を開けてあった。潮の匂いのする冷たい風が、波の音までも運んでくる。

頰杖をついて、遠くで岩を嚙む波の白さをぼんやり眺める。あれは、今みたいな引き潮の時だけ現れる岩だ。船を操る漁師なら誰でも知っていると、隆之が言っていた。

見おろせば、砂浜とひと続きのようなグラウンドでは、ラグビー部員たちが泥にまみれて転がりまわっていた。ひっきりなしに怒鳴り声をあげ、何度も同じフォーメーションを練習し直している。

部活の方はもうとっくに引退したものの、ラグビーで大学に見込まれた以上、放課後のかけっこと泥んこ遊びだけはやめるわけにいかないらしい。隆之の大きな体は、お揃いの縞のジャージを着た部員たちの中にいても、ひときわ目立っていた。

宏樹くんを指してフェロモンの塊だと評したのは光輝だけれど、あたしにはかえって、隆之こそがそんなふうに見える。視線が勝手に、彼に吸い寄せられていくのだ。そうと意識しなくても。

あんなに魅力的な被写体って、ちょっといない。この場合、魅力的というのは、アンバランスだとか不可解だとかいうのと、ほぼ同義語だった。

隆之のあの鍛え抜かれた体の中には、今どき希少価値と言えるほどの荒々しい野性と、触れるのも痛々しいくらいの繊細さとが同居している。あたしは、それを撮りたかった。撮れるのはあたしだけだと思っていた。

「おい。まじめに聞いとるのか」

ねじっていた首を元に戻すと、進路指導の坂上《さかがみ》は苦い顔で言った。

「進路の件もだがな、工藤。それより、あの雑誌の写真は、あれは何だ、え？　学校の名前が表に出なかったからよかったようなものの、あんな、何と言うか、ヌ……ヌードまがいの写真を……ありゃ３Ｂの鷺沢だろうが。まったく、文化祭の時といい今回といい、お前という奴は一体全体何を考えとるんだか」

あたしは黙っていた。坂上の背広の肩にぱらぱらと落ちている、白い埃のようなものから目をそらせる。独身だからこんなふうなのか、それともこんなふうだからいまだに独身なのか。四十歳くらいに見えるのに、頭のてっぺんはすでにかなりあぶない。

「いつごろ撮ったんだ、あれは。お前の家で撮ったのか」

やたらと細かいデータにこだわるところなんか、さすがは化学の教師だ。

「まさかお前たち、人に言えないようなつき合い方をしてるんじゃないだろうな」

「…………」

「何がおかしい」

「いえ。別に」

笑いをかみ殺すのが一苦労だった。今どき「人に言えるつき合い方」をしてる恋人同士なんて、どれだけいるんだろう？

「あのな、工藤」

それまでの頭ごなしの口調を、突然猫なで声に切り替えて、坂上は言った。

「お前らがどう思っとるかは知らんが、内申書にわざわざ悪いことを書きたがる教師なんていないいんだぞ。どの生徒に対しても、できるだけいい評価を与えてやりたいんだ。しかしまあ、こっちも人の子だしな。問題をしこたま起こしとる上に、そう不真面目な態度でばかりいられちゃあ、ほめ言葉なんぞ書きたくても書けんぞ」

「いいです別に、内申書なんてどうでも」

と、あたしは言った。

「大学行くつもり、ないから」

「何を言ってるんだ」

坂上は目をむいた。

「お前、偏差値だけ見りゃあ、ずば抜けとるじゃないか。この成績で大学をあきらめるなんて、いくらなんでももったいなさ過ぎる」

「あきらめるんじゃなくて、もともと、行く気がないんです」

「それじゃ、どうする気なんだ」

「専門学校へ行きます。写真の」

坂上は、鼻の先で笑った。聞こえよがしのため息をつく。やがて、陰気な声で言った。

「あんまりいい気になるなよ、工藤。たまたまコンクールで入賞して、ちょっとばかりチヤホヤされてるからと言って、将来まで保証されたわけじゃないんだぞ。え？　そこんとこをわかってるのか？　その程度の甘い考えで無謀な選択をして、結局は挫折していった生徒を、俺はたくさん知ってる」

「たとえば？」

「なに？」

「挫折ってたとえばどんなふうにですか？」

「そりゃまあ、色々だがな」

「だから色々って？　たくさん見てきたんでしょう？　具体的に言って下さらないとわかりません」

「それは、その……」

　坂上は二度ほど何かを言いかけてやめ、とうとう気まずそうに口をつぐんだ。憎々しげにあたしをにらみつける。女でいい思いをしたことがないのは想像がつくけど、その憎しみをあたしにまとめてぶつけられても、お門違いというものだ。

「とにかくだな」

　坂上は、懲りずに続けた。

「専門技術と才能だけを必要とされるような世界で、ずっとやっていけるほど強い人間なんぞ、そういるもんじゃないってことだ。少なくとも、今まで見てきた中には一人もいなかったな」

坂上のふくらんだ鼻の穴から目をそむけ、あたしはまた窓の外を見やった。

海が、光っている。一面に銀の粒をばらまいたようだ。目を細めてそれを眺めながら、あたしは言った。

「ねえ、先生」

「ああ?」

「ずーっと昔、この世で一番最初に陸《おか》に上がったお魚は、どんな気持ちがしたと思います?」

「おいおい、何だ急に?」

坂上は戸惑った声で言った。

「お前がロマンチストだとは知らなかったぞ」

ゆっくりと坂上に目を戻す。

「ロマンチストですよ、あたしは。同時に、バリバリの現実主義者でもあるけど」

「そりゃまた珍しい」

坂上はまともに取り合おうとしない。手元の資料をぱらぱらめくって、それに気を取られているようなふりをしている。マニュアル以外の会話は苦手なのかもしれない。

「どんなことにも、最初の一人ってのはいるものでしょう?」

辛抱強く、あたしは言った。

「だいたい、どうしてそんなに進学にこだわるんですか? 他の子には平気で就職を勧めたりしてるのに」

「言ったろう。もったいないからだ」

坂上もなかなか粘り強い。

「可能性は限りなく広がってるのに、何も今それをひとつに絞りこむことはないじゃないか。将来進む道を決めるのは、大学を出てからだって遅くはなかろう」

それは違う、とあたしは思った。

そうじゃない。あたしの可能性は、進む道をひとつに絞った先に広がっているのだ。今絞りこまずにいることによって、もしかしたら逆に、その可能性はつぶれてしまうかもしれないのだ。

そういうのは本当に十人十色であって、自分ではっきりこうと決めている以上は、学校側に指図されるような問題ではないはずだった。もとより、先生に責任を取ってもらおうなんて思ってもいないんだし、銀行強盗になりたいとか詐欺師になりたいとか言っているわけではないのだ。

学校としては、全体の進学率を上げたいというのが本音なんだろうけれど、「とりあえず大学だけは」なんていう下らない価値観で、人の一生をいじくりまわすのだけはやめてほしい。

「あのなあ、工藤」

下を向いて黙っているあたしの顔をのぞき込み、坂上はなだめすかすように言った。

「写真なんてアナーキーなもの、のめり込んだからって何になるんだ。つまらんぞ。今はたとえ夢中でも、どうせ、すぐさめる。そうなった時に後悔しても遅いんだからな」

「………」

「な？　もういっぺん考え直せ。史上最年少の受賞者たら何たら言われて、何か特別のような気になっとるのか知らんが、そんなんで騒いでもらえるのは今のうちだけだ。ハタチ過ぎればタダの人、というやつさ。お前はまあ、たまたま、自分が感じたものを写真に表現するのが、人よりうまかった。ただそれだけのことじゃないか」

あたしは顔を上げた。真正面から坂上の脂ぎった顔を見すえる。

「確かに、それだけのことです」

と、あたしは言った。

「でも、世間ではそういうのを『才能』って呼ぶんじゃないんですか？」

お正月の三が日が過ぎてすぐ、あたしは隆之に言われたように、館山の病院に電話して予約を取ってあった。

電話すれば即、なんてピザの宅配みたいなわけにはいかないらしく、一度は触診のために出向かされ、いろいろ痛い思いをした上に高いお金をふんだくられて、指定された手術日はさらにそれから何日も先だった。それがつまり、今度の土曜日だ。

年が明けたら一週間で帰ってくると言っていたくせに、北崎からはあれ以来、何の音沙汰もないままだ。もしかすると、もうとっくに帰国しているのかも知れない。最後の夜、あんな別れ方をしたから、それで電話もかけてこないのかも……。

考えまい、気にするまい、あんな奴、もう関係ないんだから。

何度そうつぶやいたかわからない。

それなのに、ふと我に返ると、ぼんやりと北崎を思い浮かべて長い時間を過ごしていた自分に気がつく。猛禽類《もうきんるい》のようなあの目つきや、猫科の大型獣みたいな無駄のない身のこなしや、服を脱いで抱き合った時の、爬虫類《はちゅうるい》みたいに冷たくてなめらかな肌や……そういうひとつひとつを、ディテールまでこんなにもくっきり思い出せるという事実に、呆然とするのだ。

俺が帰ってくるまで何もしないでいてくれ、と、北崎は言った。頼む、とも言った。どちらも、あたしの知っている北崎からは考えられない言葉だった。

このまま堕ろしてしまったら、彼を失望させて、今度こそもう二度と会ってもらえなくなるかも知れない……。この期《ご》に及んでそんなことを思い巡らしている自分に、つくづく嫌気がさす。

土曜日。

この土曜日が済んだら、あたしは、元のあたしに戻れる。

――でも、本当にそれは、元のあたしなんだろうか？　おなかの子と一緒に、あたしの中から何かが流れ出ていってしまうような気がしてならない。何か、とてもいとおしいはずのものが、するするすると流れ落ちたまま、それきり永久に取り戻せなくなるような気がするのだ。

怖かった。根拠のない恐怖ほど始末に負えないものはない。昔の人は、写真を撮られると魂まで抜かれると信じていたそうだけど、もしかするとそういう恐怖感と似ているかも知れない。

わずかでも安心できるのは、隆之がそばにいてくれるときだけだった。だから、このところ、あたしは一人でその不安と闘っていたことになる。あの喧嘩の翌日別れて以来、隆之からの連絡がしばらく途絶えてしまったからだ。

あたしはずっと、隆之に会いたかった。北崎より誰より、隆之に会いたかった。

♠

冬休みが終わるまで、僕は家に帰らなかった。たった一度、親の留守を見はからって着替えと貯金を取りに戻っただけだ。

えらそうに貯金などと言っても、夏休みにガソリンスタンドでバイトをした時の残りしかない。どうせ造反するなら、正月に親戚の家をまわり終えてからにすればよかったと、情けないことを思ってみたりする。

都のところにいたわけではなかった。宏樹のところでも、他の友達の家でもない。僕がその八日間を過ごしたのは、なんと、葉山響子のアパートだった。

そこに至るまでのいきさつは、意外とシンプルだ。あの夜、都の家の近くで待ちかまえていた宏樹は、僕の腕を引っぱるようにして響子のアパートへ連れて行った。自分一人では、部屋にも上げてもらえないのだと、宏樹は今にも泣きだしそうな顔で言った。

「何で急に、そんなことになっちゃったんだよ？」

僕は面食らって訊いた。

「そんなの、俺が訊きたいよ」

と宏樹は言った。

「何か、気にさわるようなことでも言ったんじゃないのか？」

「まさか。俺はただ、一緒に東京へ行こうって言っただけだぜ。図書館の司書なんか、向こうでだって出来るしさ」

「ほんとにそれだけか？」

「……大学出たら結婚してくれとも言ったけど」

ずいぶん気の早い話だなと思ったが、それを言うと怒らせそうだ。

「なるほどね」

と僕は言った。

「で、それに対する仕打ちがこれかよ」

「だから、俺にもわかんねえよ。とにかく、それっきり会ってくれないんだ。もう終わりにしましょうの一点張りで」

海沿いの遊歩道を背中を丸めて歩きながら、宏樹はいらいらと肩を揺すった。

「それで？　どうしてそこで、兄貴の話が出てくるんだ？」

「…………」

「まさかあの女、いまだに兄貴が忘れられないなんてぬかしたんじゃないだろうな」

宏樹は立ち止まった。海鳴りが、暗闇から這い出して空《す》きっ腹《ぱら》に響く。

「その、まさかだよ。だいたい、お前もお前だよな。響子がお前の兄貴と婚約してたなんて、いっぺんも言ってくれなかったじゃないか」

「嘘をついたわけじゃない」

と僕は言った。

「お前が訊かなかっただけだ」

「知らないことを、何で訊けるよ？」

「訊かれないことを、何で答えなけりゃいけないんだ？」

「………」

宏樹は不満そうな顔で、それでも口をつぐんだ。深々とため息をつく。

「わかっちゃいるんだ」

と、宏樹は言った。

「お前、俺に気を遣ってくれたんだろ？」

僕は答えず、逆に訊き返した。

「もし俺からそれを聞いてたら、何か変わってたのか？」

「さあな」

と宏樹は言った。

「まあ少なくとも、今ごろ響子の口から聞かされて、こんなにショックを受けなくても
済んだだろうさ」

もしこれで二人が別れて、宏樹の時間が再び僕のものになるとすれば大歓迎だったが、そのためにこれほどまでに悲愴な顔つきの彼を見続けなければならないというのなら、それもまた辛かった。

どうして響子は、わざわざ自分の過去をばらしたりしたのだろう。黙ってさえいれば、それで何もかもうまくいってたはずだろうに。まったく、はた迷惑な話だ。

街灯の下を通り過ぎるたびに、宏樹の浅黒く日焼けした首筋が、なめし革のようにぬめりと光る。彼の吐く白い息が、並んで歩く僕の鼻先をかすめていく。――響子のアパートになんか、いつまでも着かなければいいと思った。

「……どなた？」

ドアの向こうの響子の声は、あいかわらず透きとおるようだった。宏樹が黙っていると、やがて鎖をかけたまま少しだけドアが開いて、白い顔がのぞいた。

「もう来ちゃだめって言ったでしょう？」

と響子は言った。

「違うんだ、聞いてくれよ」

すがりつくような宏樹の声に、思わず目をつぶる。心臓がキリキリ痛んだ。おい、宏樹、しっかりしろよ。お前、プライドはどこへやっちまったんだよ。

要するにこいつは、本当に、ほんとうに、この女に惚れているのだ。親友の前でこんなに情けない姿をさらしても、かまってなんかいられないほどに。

「隆之も、一緒なんだ」

目を開けると、宏樹の奴が溺れかけた犬のようなまなざしで僕をせきたてていた。仕方なくドアの陰から一歩進み出て、見えるところに立ってやる。

「どうしたの、その顔！」

響子は大きな目をみはって、痣とすり傷だらけの僕の顔を見つめた。

「こいつ、家を飛び出しちまって……どうすればいいかわからないって言うから」

よっぽど後ろから蹴飛ばしてやろうかと思ったが、何とか踏みとどまる。

「それ、ほんと？」

と、彼女は言った。僕は、無言で肩をすくめた。

「……いいわ。私が出ます。ちょっとだけ待ってて」

ドアが閉まる。

宏樹を見やった。

「なるほど、ガードが固いな」


近くの店に入った。昼は喫茶店で、夜はパブにもなる。四人がけのテーブルを選んで、僕は奥の席に座り、向かい側に座ろうとする宏樹を制して隣に来させた。どちらの隣に座るかを響子に選ばせるのは酷というものだ。

しばらくの間、誰も口をきかなかった。

柱の上に取りつけられたモニターからはＭＴＶのビデオが流れていて、ちらりと目をやると、ケイト・ブッシュがあの独特のかん高い声で歌い始めたところだった。

宏樹はコーヒーを一口だけすすったものの、あとはカップを両手で握りしめたまま、赤と白のチェックのテーブルクロスを親の仇《かたき》とにらんでいる。

一曲終わるころになって、ようやく響子が言った。

「いったい何があったの？」

「……別に」

と僕は言った。

「それじゃ、どうして家を出たりしたの？」

黙っていると、宏樹の肘が僕をこづいた。一応、形だけでもご相談申し上げろというわけだ。

「まあ、何て言うか……金属疲労みたいなもんかな」

僕は、使わなかったスプーンをもてあそびながら言った。

「ポッキリ折れたのが、たまたま今日だったってだけのことさ。これまでもったのが不思議なくらいなんだ」

響子はため息をついた。

「あなたまでいなくなったら、ご両親がかわいそうよ」

「たいしたお人好《よ》しだよ、あんた」

と僕は言った。

「あれほど嫌な思いをさせられたくせに。わかるだろ? ああいう親なんだよ」

「わかるのは、ご両親のお気持ちの方よ。息子思いなだけだわ。あの時だって、大事な長男にはもっといいところのお嬢さんをって思われたの、無理ないし」

「あんたって、いつもそういうこと考えてんのか?」

僕はあきれて言った。

「そんなんで、よくまあ今まで、男に喰《く》いもんにされずに来れたな」

響子は、僕の目の中をまっすぐに見つめた。長い睫毛を伏せて、ゆっくりとまばたきをする。それから、ふっ……と微笑んだ。

妙に、納得してしまった。これほど儚《はかな》げな微笑みを、僕は今まで見たことがなかった。兄貴が、あるいは宏樹が、彼女のどこに惹かれたか、今初めてわかった気がした。

こんなに柔らかに微笑まれたら、男はどうやったって勝てないだろう。「喰いもん」になんかするより、宝物にして、大事にしまっておきたくなるだろう。たとえ拒まれても、それでも遠くから見ていたくなるかもしれない。

「いまだに兄貴が忘れられないって言ったそうだな」

隣で、宏樹の肩がぴくりと動いた。

「ほんとなのか？」

「……ええ。本当よ」

ガチャン、と宏樹がカップを置いた。まわりの客が振り向く。

こぼれたコーヒーを拭きに走り寄った店員に、ごめんなさい、と響子が頭を下げた。髪のひとふさが、のどもとにはらりと落ちかかる。紺色の柔らかそうなVネックのセーターが、真っ白な肌の上で清潔な感じだった。

「俺を好きだって言ったじゃないか」

震えを隠せない声で、宏樹は言った。

「嘘だったのか？」

「嘘じゃないわ。でも、一緒には暮らせない」

「どうして！」

「あなたが、私の思い出を憎んでいるからよ」

宏樹がぐっと詰まる。

「わがままだと思うでしょうけれど」

響子は、テーブルクロスにひろがった茶色い染みを見つめながら言った。

「あなたが本当に私と一緒にいたいと思うなら……あのひとを大事に思い続ける私を許してくれなくては」

「無茶言うなよ！」

と宏樹は言った。

「そんなの、無茶苦茶だよ。俺に抱かれながら他の男のこと考えるなんて、許さない。とっくに死んだ奴だろうと何だろうと、そんなの関係ない、絶対に許せっこないよ！」

「なら、あきらめて」

驚くほど凜《りん》とした声で、響子は言った。

画面では、軽薄な金髪のＤＪがしゃべりまくっている。隣のテーブルの客たちが、話にきりをつけ、立ち上がって出て行く。外の駐車場でエンジンのかかる音が聞こえた。テーブルの上を片づけ終わった店員が、奥に引っ込んでしまうのを見はからって、僕は口をひらいた。

「宏樹。お前……何か、違ってやしないか？」

「何かって何がだよ！」

たちまち宏樹がかみつく。僕は彼に向き直った。

「お前が考えてるのは、この人にしてもらうことばっかりなんじゃないかって言ってんだよ。どうやったらもっとこの人を幸せにできるのかとか、もっと笑ってもらえるのか、とか……そういうふうに考えるの、お前、忘れてんじゃないのか？」

宏樹の顔が、みるみる紅潮していく。

「俺は……」

絞り出すように、彼は言った。

「俺は響子が好きなんだよ！　俺以外のことは考えてほしくない、それのどこがいけないんだ。誰だってそうだろう？　好きなら当たり前じゃないか！」

「当たり前じゃねえよ」

と僕は言った。

「そんなのを当たり前と思ってるなんて、お前、甘ちゃんもいいとこだよ。ほんとに好きなら、何でそうやって苦しめるんだよ。どんなことを言えば辛くさせるかなんて、もうイヤってほどわかってんだろ？　お前はこの人を好きなんじゃない、この人に甘やかされるのが好きなだけなんだ。愛されてる自分が気持ちいいんだ。それでそうやって駄々をこねてるだけじゃないか。そんなもん恋愛でも何でもない、言ってみりゃ、母親を取られると思って赤ん坊返りしてるガキと同じだよ」

ガタッと椅子を鳴らして、宏樹が立ち上がった。真っ赤な顔で僕をにらみおろし、響子に目を移す。半開きの唇が小刻みに震えている。

「あんたもか？　あんたも、俺をガキだって思ってるのか？」

響子は悲しげな目で彼を見上げ、でも、何も言おうとはしなかった。

宏樹の顔がゆがんだ。椅子を蹴るようにして、僕らに背中を向ける。

店を飛び出しぎわに奴の叩《たた》きつけたドアが、ばたん……ばたん……と外に内にいつまでも揺れているのを、僕はテーブルに肘をついて眺めていた。大人が酒を飲みたくなるのは、こういう時なんだろうなと思った。

何であんなお節介を焼いてしまったのかと、自分にあきれ果てる。響子をかばって宏樹を怒らせるなんて、まったく愚の骨頂だ。何の得にもなりゃしない。

ちらりと響子を見やると、目と目が合った。二人同時に、長いため息をつく。

「これから、どうするつもり?」

と、響子は言った。

「さあね」

冷めたコーヒーをすする。

「『どうすればいいかわからない』ってことになってるようだしな」

響子は、うっすらと微笑んだ。

「本当に行く所がないのなら、うちに来てもいいわよ」

ぽかんと口を開けた僕を見て、彼女は言った。

「変に思わないでね。居場所を提供するだけ、それ以上の意味はないわ」

気をとり直して、僕は言った。

「そんなにまでして、宏樹を遠ざけたいのか？」

響子はうつむいたまま、砂糖もクリームも入れていないコーヒーをぐるぐるかきまわしていた。

「重いのよ」

と、やがて彼女は言った。

「彼のひたむきさが、重いの。今は私以外の何も見えなくなっているけれど、いつかふっと我に返った時、自分がどれほどの時間と労力を無駄にしたかに気づいて、愕然《がくぜん》とするかもしれない……うんと後悔するかもしれない……。そういうことのすべてが、こわいの」

「幸せにする自信がないってわけ？」

「いいえ。誰よりも彼を幸せにできる自信はあるわ」

「じゃあ、どうして」

「言ったでしょう？　こわいのよ。いつか彼が、『俺はこの女で<ruby>な</ruby>く<ruby>て</ruby>も幸せになれたかもしれない』って、そう思うのが。私は、誰かを恋するっていうのがどんなものかを知っている。それがどんなに愉しくて苦しいか、その気持ちがやがてどんなふうに落ち着いていくものか、その道のりを、もう知ってるわ。でも彼にとっては、これが初めての恋なのよ。いつか、別のがどんなだか知りたくなっても、無理ないもの」

「ずいぶん臆病なんだな」

「年を重ねるって、そういうことよ」

響子は寂しく笑った。

「でも、そんなふうに言えば、彼のことだもの、きっとムキになって否定するでしょう？　たとえ思い当たる節があったとしても、意地でも認めまいとするわ。もしかしたらそのために、自分さえも偽って無理をしてしまうかもしれない。だから私、亡くなったひとをだしに使ったの」

「じゃあ、兄貴を忘れられないってのは、ありゃ嘘か？」

響子は、首を横にふった。

「ときどき夢に出てきてくれるの。とても幸せな夢……私、たくさん笑って、自分の笑い声で目を覚ますこともあるのよ。今でも、本当に好き、胸がつぶれそうなくらい。そうでなかったら、今またこうして恋なんかしてないわ」

「恋？」

びっくりして訊き返した。

澄みきったまなざしが、僕を静かに射すくめる。そして響子は言った。

「そんなに好きじゃないから別れられるんだって……そう思った？」

彼女はそれきり顔をそむけ、真っ暗な窓の方を向いてしまった。たぶん、潤んできた瞳を僕から隠すために。

宏樹が訪ねてくるかと思ったが、あれきりだった。最後に響子に何も言ってもらえなかったのが、よほどこたえたのだろう。

奴が毎日、どんな思いで一分一秒をやり過ごしているか、考えると胃が痛くなる思いだった。でも、結局のところ人は、他の誰かの傷を肩代わりはできないのだ。僕がいくら、俺だけはいつだってお前の味方だなどと臭いセリフを並べたところで、宏樹自身がそれを望んでいない限り、屁《へ》のつっぱりにもならない。それが、歯がゆくてならなかった。

響子の部屋は、とても居心地がよかった。食事の時以外は透明人間みたいに扱ってくれるのもありがたかったし、僕がいることで彼女の方も少しは気が紛れたらしい。

ただ時おり、偏頭痛のような感じで嫉妬が僕を襲った。台所に立つ響子の後ろ姿や、何かを拾おうとかがんだ拍子にあらわれる腰の線に目がいってしまうたびに、僕はそのしなやかそうな体が宏樹に組み敷かれる光景を思い浮かべ、ひそかに歯ぎしりをした。

それを除けば、おおかたは穏やかな毎日だった。というよりは、何だか日常から隔絶されたような八日間だった。

正月の大半をぼうっと考えごとをして過ごし、五日には初出勤する響子と一緒に図書館へ行って、めずらしく本なんか借りてきた。だんだんと癒されていくのが、自分でもはっきりわかった。

思い出したように電話を入れると、都は案の定、カンカンに怒っていた。

「バカッ！　この薄情者、どこへでも行って好き勝手やってれば！」

「お前、いま受話器に歯が当たったろ」

「うるさいわね、あんたの顔なんか二度と見たくないわ！」

さんざん僕をののしって、ようやく気が済むと、彼女は最後にぽつりと言った。

「……死ぬほど心配したんだからね」

でも、学校が始まると、さすがにそうとばかりもしていられなくなった。別に積極的に行きたい所でもなかったが、このうえ教師まで巻き込んで、問題がばかみたいに大きくなるのは願い下げにしたかったのだ。

久しぶりに家に帰った僕に対して、親父もおふくろも、不気味なほど何も言おうとしなかった。ドアを開けたとたんに詰問と小言の散弾銃、というような事態を予想していた僕としては、肩すかしもいいところだった。

「ちょっとは考え方を改めたのかもよ」

と都は言ったが、そうとも思えない。

「何をたくらんでんのかと思うと、薄気味悪いよ」

と僕は言った。

「でも少なくとも、お兄さんとあなたが全然違う人間なんだってことは、わかってもらえたわよ。だってお兄さんは家出なんかしなかったんでしょ？」

「まあな。覚悟を決めた頃には死んじまったからな」

銀行の向かいにあるハンバーガーショップだった。同じ制服を着た生徒がひっきりなしに出入りしていて、どうにも落ち着かない。

うつむきがちの都に目をやって、僕は言った。

「明日、だったよな」

「……そう。十一時の予約」

二段重ねのハンバーガーを食べている僕の横で、彼女はさっきから同じレタスをつつきまわしていた。コーンサラダとは名ばかりで、コーンなんか小さじ一杯ほどしか載っていないが、どうせ一口か二口しか食べないのだから同じことだ。あいかわらず、食欲はないらしい。

「どこで待ち合わせる？」

と訊くと、彼女はようやく顔を上げて僕を見た。

「ねえ、ほんとにいいの？　あたし、一人でも平気よ」

「ばか、今さら何言ってんだよ」

わざと怒ってみせる。

「いいや面倒くせえ。十時にお前んちに迎えに行くわ。それでいいだろ？」

都は小さくうなずいた。

「でも、病院の中まではついて来なくていいからね」

「どうしてさ」

「あなたがお相手だと思われちゃうわ」

「そういうことにしとけよ」

「隆之、あんたってば……」

都があきれたように首を振った。

「じつは響子さんて人よりお人好しなんじゃないの？」

◆

電話が鳴っている。

きっと隆之だ。何かあったのだろうか。

二階で、掃除機の音が止んだ。

「いいわよ典子さん、あたしが出る」

　はーいという返事が聞こえた後、再び掃除機がうなり始めた。居間のドアを閉めると、音はたいして気にならない。ベルの途中で受話器を取りあげる。

「はい、工藤で……」

　耳にあてた瞬間、どこか遠くからの電話だとわかった。体中の毛穴がどっと開いて、またきゅっと縮まる。向こう側に、ここことはまったく異質の空間がひろがっているのが感じられた。

「……もしもし」

　声がのどに引っかかる。

　返事はない。ザァァァ……というかすかな雑音が、途方もなく遠いところから聞こえてくるだけだ。

「もしもし！」

　大声で叫ぶ。

「みや……か。俺だ」

　足から力が抜けそうになった。受話器を握りしめて、浅い息を吐く。

「今な……てた」

　消え入りそうな北崎の声が、雑音の中を浮き沈みしている。必死に耳を澄ませた。掃除機の音にいらいらしたけれど、止めてもらうとあたしの言うことが典子さんに聞こえてしまう。

「出かけるところだったわ」

と、あたしは言った。

「あん……よく聞……ないな」

「出かけるところだったって言ったの」

「わかっ……よ。俺のこ……聞こ……か？」

「なんとかね」

「なに？」

「聞こえてるわよ！」

一拍ズレて、北崎がくすりと笑う気配がした。あたしの声が海を渡り、彼の耳に届くまでにそれだけかかるらしい。

「どこにいるの？」

「な……って？」

「今、どこにいるの？」

「初めて訊……くれたな」

北崎は、今度ははっきりと笑った。

「前に……ンピックのあ……街……そう遠……ない」

「え？　なに？」

「ちょっと長引い……連絡も……くて悪かっ……都……れの頼みはおぼ……るか」

あたしは黙っていた。

「都？」

「…………」

「もしもし！　聞こ……のか？」

「——ええ」

「まさ……もう堕ろ……じゃな……ろうな」

嘘なんかいくらでもつけたはずだった。けれど、あたしは答えてしまっていた。

「まだよ」

北崎が大きな息をつく。

「わかっ……俺のほ……もうす……終わりそうだから、おそらく、四、五日のうちには帰れると思う。だから、」

「あっ」

「どうした？」

「雑音が消えたの。ちゃんと聞こえる」

「こっちもだ」

と北崎は言った。あいかわらず蚊の鳴くような声だけど、はっきりと聞こえてくる。

「雲の晴れ間みたいなもんだ。言いたいことがあったら今のうちに言っとけ」

「別にないわ」

別ニナイワ、というあたしの声が、電話の向こうでかすかにこだましているのが聞こえた。

「意地っ張りだな。素直に会いたいって言えよ」

「会いたくなんかないもの」

会イタクナンカナイモノ。——嘘だった。

「都」

と、北崎が言った。声が一段低くなっていた。

「頼むから、待っててくれよな」

唇をかみしめる。

「待ってどうするの？　何が変わるって言うの？」

「俺さ。俺が変わる。もう少し正直になることにしたんだ。だから都、おま……俺……」

「なに？　聞こえないわ！」

ザァアアア……が戻ってきた。あいまをぬって、北崎の言葉が切れぎれに届く。

「お前……いつかみたいに、もっ……素直……れよ。本当は俺をあ……ろう？」

「いいかげんにして。誰があんたなんか！」

雑音が強くなった。あたしの言葉が届いたのかどうか、こだまさえ聞こえない。と、その音がブツッととぎれた。慌てて耳をあて直す。

「もしもし？　……もしもし？」

電話は、すでにきれていた。

のろのろと受話器を置いて、ソファにへたり込んだ。今どきあんなに雑音が混じるなんて、いったいどういう所からかけてたんだろう。ずるずると横になって、天井を見上げる。すぐに後悔した。北崎に抱かれた夜のことを思い出してしまった。

もっと早く出かけてしまえばよかった、と思う。よりによってこんな日の朝に、あいつの声を聞かなければならないなんて……。

時計を見やる。十時を五分過ぎていた。寝坊でもしたのだろうか。時間に遅れるなんて、隆之らしくない。

目をつぶると、頭の中で、小さかったはずの北崎の声ががんがん鳴り響いていた。

もう少し正直になることにした、なんて言ってたけど、あれ以上正直になってどうしようって言うんだろう。フリーになったきっかけだって、他人に使われたり、下げたくもない頭を下げたり、撮りたくもないテーマで撮らなければならなかったりするのが嫌になったからだと言っていた。

あれほど自分の欲望に正直に、わがままに生きてる人って、見たことがない。認めたくはないが、あたしが惹かれたのも、あの人のそういう無茶苦茶な性格にだった。なのに、まだ足りないなんて。

それとも、彼が言っているのは、そういう意味の正直さとは違うものなんだろうか。

確かに彼は、いつも何かに対して自分を鎧《よろ》っているようなところがある。他人には絶対に自分の考えや気持ちを話そうとしないし、プライバシーについてもひとことも明かさない。同情どころか共感さえも拒絶して、近づくものを片っ端から切り捨て、なぎ払うことで、自分を保っているように見えるのだ。

だから、個展の時に入口に掲示されるパネルとか、写真集の後ろに記されるプロフィールにしたって、彼の場合はいつもたったの数行だけだ。生年月日と、主な受賞歴。でも、見る人が見れば、それらがどれほどすごい賞かはすぐにわかる。

「才能に恵まれる」というのはよく使われる言葉だけど、あたしはそれって、ちょっと違うような気がする。

たとえば、北崎の写真が一流だってことは世界が認めているけれど、たぶん彼は、才能が他の人より多く「ある」わけじゃない。そうじゃなくて、他の誰もが持っているものが、彼には初めから「ない」のだ。

彼を突き動かしているのは、だから、自分が欠陥品であるという意識だ。あるいは意識さえしていないのかもしれないけど、とにかく、その穴ぼこを埋めようとする必死の作業が、彼にとっては写真を撮るという行為なのだ。

何とかと天才は紙一重なんて言われたり、芸術家は奇矯な振る舞いをするものと決まっているみたいだけど、そんなの全然不思議じゃない。乱暴な言い方をすれば、自分の中にそういう穴ぼこを抱えている人たちのうち、ある人はそれを埋める自分なりの方法を見つけて天才とか芸術家になるし、ある人は見つけられずに社会に適応できなくなる……。そういうことなんじゃないだろうか。

あたしは、自分の穴ぼこを思ってみる。今日これから、またひとつ新しくできるはずの穴ぼこのことも。

北崎が何と言ったって、産むわけにいかないのはわかりきった話なのだ。父親のいない赤ん坊を産んで育てるだけの力は今のあたしにはない、そう、光輝の言うとおりだ。いっときの感傷でこの世に送り出される赤ん坊だって、いい迷惑かもしれない。それは確かにそうなんだけれど、ただ……全部が終わった時、あたしの中からはどれだけのものが欠け落ちているのだろうと思うと怖くなる。

抱えている穴ぼこが大きければ大きいほど、それを埋めるには大変なエネルギーがいるはずで、そのエネルギーが、いつかあたしに凄《すご》い写真を撮らせてくれる可能性もないわけじゃない。でも、もしかしたら、その穴ぼこに逆にのみ込まれてしまう危険だってあり得るのだ。

あたしはため息をついた。

起き上がって、時計を見る。もう十五分も過ぎていた。これ以上待っていたら、予約の時間に遅れてしまう。

何かあったに違いない。隆之があたしを裏切るなんて、あるはずがないもの。

立ち上がって、服のしわを伸ばす。髪をとかし、腕時計をして、一番あったかいコートを着た。

大丈夫、下着だってちゃんときれいなものをつけたし、お金だって持った。今月と来月の生活費全部、銀行からおろしてしまったけれど、その分はあとで光輝に貸してもらおうと思っていた。先に言うと、今日病院に行くのがわかってしまうから。光輝は、費用については気にしないでいいと言ってくれていたが、そこまでは甘えられない。これは、あたしの問題なのだ。

用意するようにお医者から言われたものが全部あるかどうか、かばんの中を確かめ、玄関に下りて、ことさらにゆっくりと靴を履いた。ごめんごめん、とか言って隆之が駆けこんでくるのを期待したけれど、来なかった。

駅から電車に乗った。学校が休みの土曜日で、いつもより子供の姿が多い。あたしはまるで、どこかよその国に迷い込んだような気持ちで、彼らを見つめていた。窓越しの陽が、何だか泣きたくなるくらい温かかった。

光輝に書いてもらった『同意書』を提出した。先生も看護師さんも、ものすごく事務的でテキパキしていた。ほんとにお産をするんだったら、こういう冷たい雰囲気は耐えられないかもしれないけど、今みたいな場合は、かえってありがたい。

言われるままに服を脱ぎ、下着もとり、ひんやりとした硬いベッドに上がって横になった。看護師さんの手があたしの足首をつかんで持ち上げると、思いきり大きく広げて、片方ずつ高い台の上に載せた。ベルトできっちりと固定される。

「眠っている間に済むわ。気を楽になさい」

よっぽどあたしがひどい顔をしていたのだろう。年配の看護師さんがそう言って、ほんの少しだけ笑ってみせてくれた。

道具があれこれ用意されているらしく、カチャカチャと金属がふれ合う音だけが耳に響いて、よけいに怖くなる。隆之が外で待っててくれていたら、少しは違ったかもしれないのに。

マスクをして目だけ出した先生が、あたしをちらりと見おろした。

「これに懲りたら、今後はもっとちゃんと考えなさい。セックスをすれば子供ができることくらい、今は小学生でも知っている」

そんなこと、あたしだって知っている、と思ったけれど、口を結んで黙っていた。ひとことでも口をきいたら、涙がこぼれそうだった。

北崎はほとんどの場合、無防備にあたしを抱いたりはしなかった。例外として覚えているのは、一番初めの一回と、終わりの方の何回か……つまり、本気であたしを欲しがった時と、もうどうでもよくなった時だ。この前、家の居間で激しくあたしを抱いた北崎は、いったいどっちの気持ちに近かったのだろう。

卑怯《ひきょう》な男だった。俺を愛しているくせに、などと言いながら、自分では決してその言葉を口にしない。帰るまで待っててくれ、とは言うくせに、帰ったらどうするのかは教えてくれない。いつだって、自分からは何も与えずに、あたしからはすべてを奪おうとするのだ。

目を閉じた。もう、何も考えないでおこうと思った。考えたって始まらない。このままここで、何もかも終わらせて、うちへ帰ったらすぐにベッドにもぐり込もう。家じゅうに鍵をかけて、電話の線も抜いてしまって、あたし自身が赤ん坊に返ったように深い深い眠りをむさぼろう。

そうして、後のことは目が覚めてから考えよう。北崎がたとえ何と言ってきたって、あたしにはあたしの……。

冷たい滴が頬にかかって、目を開ける。

顔の斜め上に注射針があった。尖《とが》った針先から、またぴゅっと液が飛ぶ。ゴムのチューブがぎゅうっと腕を締めつけた。アルコールの綿で腕の内側をこすられる。すうすうする。

近づいてくる針の先を見つめた。これさえ済めば全部終わる。全部……。

「都」

どきっとした。

北崎の声。いつのだったろう。さっきの電話？

そうじゃなかった。それは、あの夜の……この前あたしを抱いた夜の北崎だった。最後の最後にたった一度だけ、彼はあたしの体を息もできないほどきつく抱きしめ、名前を呼んだのだ。――あんなにも苦しげに。

腕をつかまれてハッとなる。針の先がチクリと触れる。

「や……」

「あッこら、動かないで！」

「いや、やめて！」

「今ごろ何言ってるの、落ち着いて」

腕をぐっと押さえつけられる。

「お願い、いや、いや……………………いやだあぁぁぁぁぁ！」

♠

都の家までは、ゆっくり歩いても十五分あれば行ける。あんまり早く着き過ぎても、都を緊張させるだけのような気がして、ぎりぎりまで待つことにした。

ベッドに横になって頭の下で手を組む。外は、こんな日でなければ散歩にでも出かけたいくらいのいい天気だった。

本当は僕も、いまだに彼女が迷っているのを知っていた。あの野郎、よけいなこと言いやがってと思う。北崎のひとことがなかったら、彼女もあそこまで迷わずに済んだかも知れない。

とうてい子供好きには見えないし、責任感が強いタイプにも見えない。都に同情したのでもなさそうだ。それなのに、どうしてあいつはあんなことを言ったのか。

これ以上悩ませてもと思って都には言わなかったが、僕にはなんとなく、あの北崎という男の本心が透けて見えるような気がしていた。

あいつは、都に惹かれている。いや、おそらく惚れてさえいる。二十近くも年の離れた高校生《コドモ》に本気になってしまった自分を認めたくなくて、一時はわざと都を傷つけ、遠ざけようとしたのだ。でも、結局は彼女をあきらめられなかった。たぶんそれが、真相というやつだ。

そう言えばこのあいだ、響子がこんなことを言っていた。窓をたたく雨粒の音が、やけに大きく聞こえる夜だった。

「ねえ、ヤマアラシって知ってる?」

「なんだよ、急に」

読んでいた本からちらっと目を上げると、響子はこたつに入ってみかんをむきながら、窓をつたう雨のしずくをぼんやり見ていた。

「知ってるさ」

本に目を戻して、僕は言った。

「ハリネズミの親玉みたいなやつだろ?」

「……ええ」

と響子は言った。

「ヤマアラシって、あのとおり体じゅうトゲだらけでしょう? だから、雄と雌が不用意に近づこうとすると、お互いに自分のトゲで相手を突き刺してしまうらしいの」

「ふうん」

それがどうしたんだ、と言おうとして彼女の横顔を見直したとたん、僕は言葉をのみ込んでしまった。涙なんて一粒もこぼさずに、それでも彼女は泣いていた。

ふっとこっちを向き、僕にもみかんをひとつ取ってわたしながら、響子は無理に笑い顔を作って言った。

「愛し合っているのに、一緒にいるとどうしても傷つけ合わずにはいられない……。心理学ではそういうのを、『ヤマアラシのジレンマ』って呼ぶそうよ」

響子がそれをどういう気持ちで言ったのかはわからない。でも、あの時の彼女の横顔が、僕には忘れられなかった。

結局……北崎も都も、ヤマアラシなのだ。ただし、二人ともそれをわかっていない。どちらもが、愛しているのは自分のほうだけだと思いこんでいる。あれほど自信過剰で傲慢に見える北崎でさえ、口ではえらそうに言っていても、都が本当に自分に惚れているとは信じきれずにいるのだ。

けれど僕は、そのことを都に教えようとはしなかった。教えてどうなるものでもない。彼らが幸せな結婚をするなんてとても考えられないし、北崎という男が、都のこれからの一生を賭けるに足る相手だとも思えなかった。

少しは……いや、多分に、嫉妬も混じっていたかも知れない。僕は、都が変わっていくのを見たくなかった。ずっとそばに置いておきたかった。宏樹と違うのは、もしかすると、夢でイッてしまうような対象にはならないという点だけなのかも知れなかった。

それでも、もし何かのきっかけがあったなら、いつ体を重ねてもおかしくはない、それくらい、彼女は今や僕に近いところにいた。

要するに、僕という人間は、独占欲の塊なのだ。宏樹も、都も、両方とも欲しい。それが本音だ。

玄関の呼び鈴が鳴った。下で、おふくろが答えてドアを開ける音がする。

「あらまあ、いらっしゃい」

ずいぶん親しげだなと思ったら、続けておふくろの声が叫んだ。

「隆之ー！　宏樹くんよー！」

ベッドから飛び起きて、ドアをバンと開ける。階段の下に、奴は立っていた。ジーンズの尻のポケットに両手をつっ込み、仏頂面を決めこんでいる。

「……上がってこいよ」

宏樹はちらりと目を上げてまたうつむき、黙って階段をのぼってきた。部屋に入れて、ドアを閉める。窓際につっ立っている彼に、

「座れよ」

ひとつきりの椅子をすすめた。動こうともしない。

しかたなく、僕はベッドに腰をおろした。横目で時計を見やる。九時四十分。そろそろ出る時間だったが、宏樹の用件も気になる。なに、走れば十分で着けるはずだと思い直し、目を戻す。

「ずっといなかったじゃないか」

と、宏樹は言った。しょっぱなからつっかかるような口調だ。

「いったい、どこにいたんだ?」

響子のアパートを出る時、僕は彼女に、ここにいたことを宏樹には絶対に言わないでくれと頼んであった。もちろんよ、と彼女は言った。もうこれ以上、彼を傷つけるようなまねはしたくないわ。

「どこにいたんだよ?」

と、宏樹が繰り返した。

「また工藤都んとこかよ」

ひそかに胸を撫で下ろす。ばれてはいないようだ。

「何か急用でもあったのか?」

と訊いてみる。宏樹は僕をにらみつけて言った。

「お前、あいつとつき合うようになってから変わっちまったよ。ここんとこ絶対、どうかしてるぜ」

「どうかしてるって、何が」

「何が? 何がだって?」

宏樹はあきれたように言った。

「あんな写真を雑誌に載せられても、お前どうも思わないのか？　クラスの連中が何て言ってるか知ってんだろ？」

　僕は苦笑した。

「『あの二人はデキてる』ってか？」

「そうだよ！」

「下らない」

「下らなくねえよ！　黙ってたけど、俺、こないだは監督にまで訊かれたんだぜ。あいつらは、いったいどういうつき合いなんだって」

「何て答えたんだ？」

「知りませんっつったよ。他にどう答えようがあるんだ？」

「そしたら監督、何だって？」

「まあ鷺沢のことだから信用してるがな、ってさ」

「信用、ね」

　思わず笑ってしまった。

「おい、まじめに聞けよな」

「聞いてるよ、まあそう熱くなるなって。とにかく座れよ」

「…………」

「座れ」

宏樹は、しぶしぶ椅子に腰をおろした。

都の撮った僕のセミヌードに、宏樹がここまでショックを受けているのがちょっと意外だった。アタマの動脈硬化が進んだ教師たちや、興味本位にしかものを見ない生徒たちならともかく、宏樹は僕をよく知っているはずなのだ。そのへんの誰かにちょっと頼まれたからといって、すぐにああいう写真を撮らせるような性格はしていない、それくらい考えなくたってわかりそうなものなのに。

僕は、都だからこそ撮ることを許した。宏樹にとって響子が特別であるのと同じように、都もある意味で僕にとっては特別なのだ。それが彼にはわからないのだろうか？ どうしてあの写真を不潔なもののように扱うのだろう？

あるいはもし、都の写真の持つ説得力がそんなところで証明されているのだとしたら、皮肉な話だった。宏樹がここまで反発を感じるのは、あれが僕の内面というか、本性までを写し出している証拠なのかもしれない。僕の宏樹に対する邪念とか、やり場のない欲望とか、衝動とか、そういうもののすべてをあそこから感じ取ってしまったのだとすれば、僕を指して「どうかしてる」と言うのだってうなずける。

でも……「変わっちまった」に関しては、完全に宏樹の思い違いだった。僕は、前からこうだ。変わってなんかいない。ずっと彼を好きだったし自分のものにしたかった、ただ、今まではそれを隠し通して来られただけのことだ。

　言わせてもらえば、変わったのは宏樹の方だった。あれほど何があっても動じなかった我が校自慢のスタンドオフが、この頃はどうだ。響子との恋愛は、そんなにも彼を深く抉《えぐ》ったのだろうか。

「文化祭の時だってそうだったじゃないか」

　と、宏樹は続けた。

「あんなスケベな写真、わざわざ展示してさ。あの女、やっぱどっかおかしいよ。男と裸で絡み合ってる写真なんか、普通、人に見せようなんて思わねえぜ。ああいう奴がいるから、近頃の高校生はとか何とか言われるんだよ。すぐ脱ぐとか、すぐやらせるとかさ。だいたいお前、ああいうの見せられても何とも思わないのか？　前の男のことが気にならないのかよ」

「……別に」

「それじゃあ、お前もおかしいんだよ。それとも、本気で好きじゃないかのどっちかだ。本気で好きなら、平気でいられるわけがないもんな」

「…………」

「なあ隆之。あいつとはもう寝たんだろ？　正直に言ってみろよ、あの女、そんなにイイのか？」

「おい、いいかげんにしろよ」

大きな声ではなかったはずなのに、宏樹はビクッとして僕を凝視した。

「あいつは……都は、そんなんじゃない」

と僕は言った。

「お前みたいに色眼鏡で見てるとわからないだろうけどな、あいつはまっさらだよ。本当はそのへんのどんな女よりも、何て言うか、見てるとかわいそうになっちまうくらい、純情でまっすぐなんだ。あいつをあれこれ言うやつらの方が、よっぽど汚れてる。お前ならわかってくれると思ってたんだがな」

「わかるもんか、そんなの」

宏樹は吐き捨てるように言った。

「なあ隆之、しっかりしてくれよ。お前、あの女に骨まで抜かれちまったのか？　お前があいつとつき合い出してからだぜ、俺らがこんなふうにばらばらになっちまったのは。お前はもっと何でも話してくれてたじゃないか、思い出せよ」

思わず、まじまじと宏樹を見つめてしまった。まったく同じセリフを、今までどれほど彼に言ってやりたかったことだろう。

僕らがばらばらになったのは、言うまでもなく、僕が都とつき合い始めてからではなくて、宏樹が響子とつき合い始めた時からだった。自分の恋に有頂天だった宏樹には、それが見えていなかっただけなのだ。当然、僕が去年の夏からどんな思いで彼ら二人を見ていたか、どんなに苦しい日々を過ごしてきたかなんて気がつきもしていない。そういうことに関しては、彼はどこまでも鈍感だった。

　自分は恋人と別れなければならなかったというのに、ふと見れば親友は女とよろしくやっている。話をしたくてもいつも留守だ。相手の親がいないのをいいことに、どうやら冬休みじゅう入りびたって、家にも帰って来ないらしい……。

　つまり宏樹にとっては、都があんなふうだということが問題なのではなく、もっともらしい理屈で僕を取り戻すための格好の取っかかりに過ぎないのだ。僕だけがうまくいっているように見えて許せないのか、それとも都に取られると思って嫉妬しているのか。

　わけもなく、目の奥が熱くなってくる。馬鹿だな、宏樹。お前はほんとに、俺のことを何にもわかっちゃいないんだな。

「勘違いするなよな」

　と僕は言った。

「都と俺は、つき合ってるわけじゃないんだ」

「嘘つけ」

「嘘なんかじゃない。だからもちろん、寝たことなんか一度もない。あいつには他に恋人がいるし、俺は俺で……」

その先を、僕はのみ込んだ。それを言ってしまっては、元も子もなくなる。たぶん、一生言わないまま過ごさなければならないだろう、それでもよかった。今は、宏樹がやっと僕の存在を思い出してくれたことが、震えるほど嬉しかった。

これでまた、元に戻れる。一緒に釣りに行ったり、どこかへ出かけたり、たぶんそのうちには彼も都をわかってくれるだろう。

都。

はっとして時計を見た。十時五分前。まずい。

「宏樹、悪い。続きは今度にしてくれ」

立ち上がりかけた僕の腕を、宏樹がひっつかんだ。

「どこ行くんだよ。話はまだ終わってねえぞ」

「わかってる、だけど今は勘弁してくれ、急いでるんだ」

「……誰だよ？」

「え？」

「誰と会うんだよ？」

宏樹が目の前に立ちふさがる。

「頼むよ。今日だけははずせない用なんだ」

「じゃ、俺も行くよ」

「何だって？」

「工藤と会うんだろ？」

「あ……ああ」

「つき合ってるんじゃなくてただの友達だって言うんなら、俺が一緒に行ったってかまわないはずだな？」

「それは……」

「何だよ。何隠してんだよ。ほんとに工藤か？　まさかお前、また別の女と会うんじゃないだろうな」

「宏樹、お前、言ってることがめちゃくちゃだぞ」

「めちゃくちゃなのはお前だろ、隆之。いつからそんなに俺に隠し事ばっかするようになっちまったんだ？」

僕は黙っていた。混乱していた。宏樹のそれは、ほとんど子供の地団駄《じだんだ》だった。彼も本当はわかっているのかもしれない、だからこそそんな自分自身に焦《じ》れて、よけいに手がつけられなくなっているのかも……。だけど、それにしたってあまりにも支離滅裂だ。

僕が都の事情を宏樹に話さないのは、決して、彼が他の奴にばらすとかそんなことを疑っているからではなかった。都の傷をこれ以上ひろげたくないだけだった。都の耳に入ろうが入るまいが、それは、彼女に対する裏切りだ。

黙って横をすり抜けようとすると、宏樹は僕の前にまわって両手で肩をつかんだ。指が食い込む。

「俺に嘘はつくなよ」

と宏樹は言った。

「工藤には別の男がいるって言ったよな。俺は俺でって言いかけたよな。教えてもらおうじゃないか、それじゃあお前の好きな女って誰なんだよ」

「…………」

「言いたかなかったけどな。二年の連中がこないだの晩、お前が女とコンビニにいるとこ見たんだってよ」

ぎくりとして目を上げた。

「もちろん工藤じゃない。ずっと年上の、えらくきれいな女だったそうだぜ」

宏樹がここまでムキになる理由が……来た時から喧嘩腰だった理由が、やっとのみ込めた。彼は、誤解しているのだ。

「正直に言えよ、隆之」

目の底のほうが、へんに光っている。

「お前の好きな女っていったい誰なんだ。言ってみろよ！　ええ？　それとも、俺には言えない理由でもあるのか？」

僕の襟首をつかんで揺さぶり、宏樹は怒鳴った。

「言えよ隆之。……言えったら言えッ！」

何かが頭の中で切れた。

その瞬間、僕は彼の腕を振り払い、反対にその肩をつかんで壁に押しつけていた。家が鈍い音をたてて振動する。しわがれた声をのどからしぼり出すようにして、僕は呻いた。

「そんなに知りたきゃ教えてやるよ」

だめだ、言うな、言うな、言うな……！

「お前だよ。俺が好きなのは、お前なんだ、宏樹」

撤回しろ、まだ間に合う、今のは冗談だと言うんだ。

「知らなかったろう？」

口が、勝手にしゃべっている。

「俺がずっとどんな目でお前を見てたか、お前の裸を見てどんなこと考えてたか……気がつきもしなかったろう？　お前はいつだって響子に夢中で、とてもそんな余裕なんかなかったもんなあ」

宏樹の真っ黒な瞳が、おびえたように僕を見ている。身じろぎしようとするのを、ぐっと押さえ込んで動けなくする。

「男だとか女だとか、そんなのは関係ないんだってよ。人を好きになるのには理由なんかいらないんだってよ。なあ宏樹、だから気にすんなよ、な？　女にふられたぐらいが何だってんだ。俺がいるじゃないか。お前のこと一番よくわかってんのは俺だろ？」

「隆……之……」

熱に浮かされたように彼がつぶやいた時……。抑えきれなかった。僕は、その唇に向かって自分の口をぶつけていた。

「ばッ！　やめろ隆之、やめ……ろったら、放せこの、馬鹿野郎ッ！」

体がふっとんで、ふすまを突き破る。宏樹のこぶしが顎を直撃したのだと気がついたのは、その後だった。

「隆之！　いったいあんたたち、何やってるの？」

ばたばたと階段を上がってくるおふくろの足音に、僕はもがきながら起き上がり、間一髪、ドアのノブに飛びついた。鍵をひねる。

「隆之！」

おふくろがノブをガチャガチャいわせる。

「ちょっと練習してただけだよ！」

「練習って言ったってあんた、」

「うるせえな、もうやらねえよ。下、行ってろってば」

「…………」

あきらめて、おふくろがいやいや降りて行った。

ゆっくりとふり返る。部屋の隅に、彼は呆然と立っていた。

「じょ……冗談だよな。俺が冗談を真に受けちまっただけだよな」

一瞬、言葉が出なかった。

冗談なものか。冗談でこんなことを言えるわけがない。これを冗談にするのは、自分のすべてを嘘にしてしまうのも同じだ、そんなのは耐えられない。

けれど、それ以上に僕が耐えられなかったのは、宏樹の、その追いつめられたような傷ついた目つきだった。男から愛を告白されたなんて経験は、特に彼みたいな優等生にとっては、一生の心の傷になりこそすれ、思い出や笑い話になんかなるわけがないのだ。

「なあ、冗談だろ？」

悲痛な面持ちで、宏樹が訊く。僕は、顔をそむけるようにしてうつむいた。

「ばっかじゃねーのか？」

「……え？」

プーッと大げさに吹き出してみせる。げらげら腹を抱えて笑い、殴られた顎をさすりながら言ってやった。

「当たり前だろ、何て顔してるんだよ。わからねえことばっかし、お前があんまりつべこべ言うから、ちょっとからかってやりたくなっただけだよ。ったくそれを、思いっきり殴りやがって……」

そうやって懸命に笑い続けながら、僕は胸の内で響子を思っていた。今ごろは図書館のカウンターに座っているはずの彼女を――あの雨の夜の、哀しげな微笑みを浮かべた彼女を思い出していた。

やっとわかった気がした。

本当に辛い時は、涙なんか出てこない。

暗い窓ガラスに、枝先のあたる音がしている。夜に入って、急に風が強くなった。すぐ外に、大きなミモザの木があるのだと都は言った。あとふた月もすれば、庭のひとすみが黄金に輝いて、お月さまが落ちて来たみたいになるのよ……と、まるで今その下に立って見上げているかのように、まぶしそうに目を細める。

――あと、ふた月。そのころ自分が一体どうしているのか、僕にはまったく想像がつかない。考えられるのは、今この瞬間のことと、せいぜい明日のこと、それで精一杯だ。その日の約束さえもろくに果たせないでいるのに、どうしてそんな先のことが考えられるだろう？

　ソファに横になった都の毛布を、首のところまで引っぱり上げてやる。彼女はうっすらと目を開けた。

「ごめんな」

　と、何度目かで僕は言った。

「いいのよ、もう。そんなに気にしないで」

　と、都は言った。

「わざとじゃないなんてこと、よくわかってるもの」

「ほんとにごめん、口ばっかりでさ。いざって時に、何の役にもたたなかったな」

　都が、微笑んで首を振る。

　彼女の冷たい頰に、僕は手の甲を軽く押しあてた。もともと小柄な体が、何だか一回りも二回りも小さくなってしまったようで、胸が痛む。

　宏樹を帰した後、僕は急いでこの家に電話を入れた。都はもう出かけてしまっていた。駅まで走ったが、館山行きの電車はとっくに出た後で、次のまでは一時間近くあった。

　学校のすぐ裏に下宿している山本に、無理を言ってバイクを借りた。無免許もスピード違反も、気にしている余裕なんかなかった。信号さえもいくつかすっ飛ばして、都から聞いていた産婦人科に飛び込んだ時、彼女は青白い顔でベッドに寝かされていた。僕の顔を見るなり、すまなそうに笑って、こうささやいた。

「やっぱり、できなかったわ……」

取りやめたのは麻酔を打つ前だったそうだが、都はまるで大手術でもしたかのようにぐったりと消耗していて、どうにか立ち上がれるだけの気力を取り戻したのは、そのまひと眠りして目を覚ました夕方のことだった。

タクシーを呼び、抱きかかえるようにして彼女を乗せ、バイクでその後ろをくっついて走った。家に着くと、ピアノ弾きに電話を入れた。それが、ほんの十五分ばかり前だ。

「ねえ」

すっかりかれてしまった声で、都が言った。

「ん?」

「ほんとは隆之、ちょっと怒ってるでしょう」

「何で俺が?」

「あたし、言うこと聞かなかったから」

白いTシャツと水色の大きなカーディガンを着た彼女はまるで、親とはぐれた子供みたいに頼りなげに見える。僕は笑って、都の短い髪をくしゃくしゃに撫でた。

「最後に決めるのはお前だろ。怒ってなんかいねえよ」

都は、毛布の下で、自分のおなかにそっと手をあてた。

「今朝ね」

「ん？」

「今朝、北崎から電話があったの」

「えっ。どこから？」

「わかんないけど、国際電話。前にオリンピックのあった近くだなんて言ってたけど」

「まさか……戦争を撮ってるんじゃねえだろうな」

「じつを言うと、あたしもそう思った。あの人だったら大いにあり得るしね」

都は少しのあいだ黙って、それから言葉をついだ。

「また言われたの。頼むから堕ろさないでくれって。それと、俺はもっと正直になることに決めたから、お前もそうしろって」

「――そうか」

と、僕は言った。

「なあに、ほっとした顔しちゃって」

「別に」

とぼけてそっぽを向く。

「で、いつ帰ってくるって？」

「来週、かな。もし無事だったらの話だけど」

家の外でブレーキの音がした。エンジンが切られる。ドアが開き、靴を脱ぐのももどかしげに篠原氏が飛び込んできた。

「都、まったく君ってやつは……」

「怒んないでよ、光輝」

都がさえぎる。

「あたしは大丈夫だから。ね？」

彼はなおも何か言いたそうだったが、結局、大きな深呼吸とともに全部の言葉をのみ込んだ。よっぽど急いだのだろう。イタリア製らしい思いきり高そうなセーターが、前後ろさかさまだ。初めてこいつに親近感がわいた。

都の上にかがみ込み、

「何か、食べたいものはないかい？」

と彼は言った。都が首を振る。

「じゃあ、他にして欲しいことは？」

「あるわ」

「なに？」

「何でもきいてくれる？」

「きくよ」

「あのね……」

都は言った。

「ピアノ、弾いて」

ふかふかのクッションを壁のそばにいくつも並べ、僕は、毛布でぐるぐる巻きにした都を後ろから抱きかかえた。

電気を消し、ピアノの上に置かれたステンドグラスのランプをひとつだけ灯《とも》す。篠原氏が、とても小さな音で、いつかの優しい曲を弾き始めた。都が一番好きだと言っていたあの曲だ。

都は目を細めて、僕の胸に頭をもたせかけた。手の中には僕がいれてやった温かいカフェオレのカップがあって、甘くてこうばしい匂いが湯気と一緒にたちのぼってくる。あごでぐいと頭のてっぺんを押しやると、都は首をねじって僕を見上げた。

その額に、頬をあてる。いつかの漁港での夜を思い出す。

「寒くないか？」

「うん、平気」

ここに、響子もいればいいのに……と、僕は思ってみる。響子も——そして、宏樹も。

いくつかの穏やかな曲を奏でた後、ピアノはふいに、ゆっくりとしたブルーノートに変わった。古いジャズだろうか、それともブルースと言うのだろうか。キース・ジャレットあたりが好んで弾きそうな、それは何と言うか、ものすごく胸に懐かしく響く曲だった。

じっと耳を傾けていた都が、僕にささやく。

「隆之、この曲知ってる?」

「知らない……はずなのに、何でかな。うまく言えないけど——たとえば前世ではよく知ってたような、そんな感じがする」

「それ、すごくよくわかるわ」

と、都は言った。

「あたしも、何だか急に、昔のこと思い出しちゃったもの」

「昔って?」

「ん……。小さいころのこと。秋の終わりにつかまえたトンボの羽が、哀しいくらい透きとおってたこととか……朝顔のつぼみがほどけるのをじーっとしゃがんで待ってた時のこととかね」

「根暗なガキだったんだな」

「ほっといて」

せつなくて美しい、けれど物憂《ものう》い旋律が、幾通りものバリエーションで繰り返される。

二つの手で弾いているとは思えないほど、音と音とはからみ合い、重なり合って、次第に厚みと深みを増していく。

あるいは彼が、即興で弾いているのかも知れなかった。こんなに長くて複雑極まる曲を、暗譜なんかできるわけがない。

ランプの明かりが優しかった。

都はやがて、僕にもたれたままで、静かな寝息をもらし始めた。手の中からマグカップをそうっと取って床に置く。

ようやく弾き終わった篠原氏がふり返って、都が眠っているのに気づくと、僕の顔を見て微笑んだ。

小さい声で訊いてみる。

「それ、何て曲？」

今の今まで鍵盤の上で音を紡いでいた指が、煙草を一本取って、カチリと火をつける。部屋がライターの炎のぶんだけ明るさを増し、またもとに戻る。

煙をできるだけ都から遠くへと吐き出しておいて、彼は僕に向き直った。

都を起こさないように、そっとささやく。

「――ＢＡＤ ＫＩＤＳ」

解説

カツセマサヒコ

美しいピアノの旋律が、頭の中で静かに揺れている。都と隆之、疲れ果てた二人を包むように演奏される「ＢＡＤ ＫＩＤＳ」が、彼女たちを癒やしつつ、読者を物語からゆっくりと切り離していくのだ。私たちは彼女らの行く末を知ることができないし、この清々《すがすが》しい名残惜しさを、噛《か》み締めるほかない。

贅沢《ぜいたく》な余韻を前にしては、どんな言葉も蛇足である。ましてや、私のような新人作家が解説を綴《つづ》ったところで、都たちから鼻で笑われるだけな気もする。どう足掻《あが》いたって本編に溢《あふ》れる瑞々《みずみず》しい空気には敵《かな》わないわけだから、いっそのこと率直に、本作および村山先生の作品への想《おも》いを綴ることにする。

村山由佳作品に初めて触れたのは、自分が都や隆之の年齢に達するより少し前のことだった。実家の本棚の真ん中に「おいしいコーヒーのいれ方」シリーズが並べられていて、まだ地元の書店のブックカバーが付いた状態のそれを、こっそりと学生鞄《かばん》に忍ばせた。デートすらまともにしたことのない、まごうことなき思春期を迎えていた頃の話である。

　それから私が、身を焦がすような恋や小説世界そのものに憧れを抱くようになったのは、言うまでもない。約二十年後、小説家デビューにあたって恋愛小説を書くことになったのも、きっと当時の刷り込みのようなものがあったからだと思う。

「おいコー」シリーズは一九九四年に第一巻である『キスまでの距離』が刊行されてから長きに亘って物語が紡がれ続け、そして二〇二二年、アナザーストーリー『てのひらの未来』の刊行をもって、全二十作品の旅を終えた。本書『ＢＡＤ　ＫＩＤＳ』も同様に長い歴史があり、その単行本の初版は「おいコー」シリーズと同じ一九九四年に刊行されている。あれから二十八年の時を経て、こうして文庫の新装版が刊行されることとなった。なぜか。この物語が、時代を超えて愛される魅力に満ちているだけでなく、今読まれるべきテーマを背負っているからだろう。

　村山作品はいつだって、反抗する人々を描いてきた。逆境に立たされた恋や、世間的に「みっともない」「恥ずかしい」などと言われる関係、抑圧された環境で足掻く人々を、軽快なテンポと心地よい湿度、瑞々しい文体で何度となく描写してきた。主人公たちは、心に迷いを抱きながらも、抑えきれぬ情動を持ち、それを動力源にして、あらゆる逆境に立ち向かっていった。小説すばる新人賞を受賞した『天使の卵』でも、直木賞受賞作である『星々の舟』でも、数々の文学賞を総なめにした『ダブル・ファンタジー』でも、吉川英治文学賞受賞作であり著者初の評伝小説でもある『風よ あらしよ』でも、共通して当てはまるのは「反抗」だ。そもそも、文学や小説というジャンル自体が時代への反抗・警鐘の役割を担ってきた側面もあるにせよ、村山先生の描く人物たちはやはり、自分の置かれた環境や関係への反抗を試みるところに、共通点があった。

本作『BAD KIDS』もまた、反抗の物語だ。世界的に有名な指揮者の子供として生まれた工藤都は、奔放な性格と素行の悪さが目立ち、学校側から問題児として目をつけられている。都は年齢の離れた著名写真家・北崎毅との交際を通じて自身の持つ写真の才能に出会うが、都がその道を歩もうとしても、大人たちはその才能を認めようとはしない。未成年が二十歳も離れた年上と付き合うこと。写真家という狭く険しい道を進もうとすること。都に向けられる大人たちの視線は冷たく、彼女を本当の意味で支えてくれる人間は、極めて少ない。

一方、もう一人の主人公である隆之は、学業が優秀だった兄と常に比較され、ラグビーのスポーツ推薦で大学に行くことを「(一家の)恥さらし」とまで言われている。本来は無条件で存在を認めてくれるはずの家族が、隆之にとっては息苦しい存在だ。そんな隆之が恋しているのは、幼馴染《おさななじみ》でありラグビーのチームメイトでもある高坂宏樹。隆之は、同性である宏樹に想いを寄せてしまう自分自身に戸惑っている。

本作は、二人の視点を交互に切り替えながら進んでいく。語り手が交代するたび、互いの存在をどう思っているか、何に憤り、何に心許しているのかが明らかになるので、読者はいつしか、隆之と都を鏡のような存在として認識することになる。それぞれの視点を追うことで、初めて二人のことを深くまで知ることができる。

たとえば物語の冒頭は、都が客席のスタンドから試合中の隆之を眺めているシーンから始まる。都の視点で描かれることで、隆之の肉体がいかに屈強であるかを、客観的に読者に知らせる。

しかし、続いて隆之の視点に切り替わると、そこは保健室の中だ。ベッドの上にいる隆之の内面に触れて、初めて読者は彼が繊細な人間で、人には言えない秘密を持ち合わせていることを知る（たとえば私は、屈強なラガーマンの一人称が「僕」であることを意外に思ったし、それから、ラグビーをやっている男はよくも悪くも男らしすぎる、と思っていた自分の偏見にも気付かされた）。こうして語り手のバトンを交互に渡し合うことで、片方は心の沈黙を余儀なくされ、代わりにもう片方が雄弁にその姿を描写する。一人称の移り変わりによって、登場人物の言動の真意が見え隠れするこの仕組みが、読者にページをめくらせていく。

物語の中盤、都の部屋で隆之の写真を撮ったのち、二人が抱き合うシーンがある。本編で最も官能的な場面の一つだ。あのシーンは隆之の視点だからこそ、都の優しさや隆之の心開かれていく様子がありありと描かれている。もしも、この語り手が都であったら。おそらくだが、北崎の肉体との比較をしていただろうし、もう少しなまなましい描写が続いていたはずだ。誰が語り手となるか、というシンプルだが極めて重要な要素を、本作は自然に、そして最も美しいかたちで描き続けている。

反抗の主人公は、都と隆之の二人だけではない。隆之の兄の元婚約者である響子も、響子に想いを焦がす宏樹も、皆それぞれに恋の形に悩み、自分に自信をなくし、時に厳しい言葉で相手を傷つけてしまう。絶対的なマジョリティや特権的な存在で描かれるのは、都が想いを寄せている北崎くらいであり、彼はもうキッズではない「大人」だ。もう一人「大人」が描かれているとすれば、都たちの傷を癒やすように描かれるピアニストの篠原光輝である。光輝は同性の恋人を持つ点において隆之と同じ道を歩んできたし、芸術の道を進んだ点において都の未来を行く存在である。つまり、主人公である二人の悩みを乗り越えてきた重要な人物だ。光輝から彼女らに注がれる眼差《まなざ》しは常に温かく、言動は余裕に満ちている。二人の先輩であり、恐らく将来の姿を映しているであろう光輝は、最後に「ＢＡＤ　ＫＩＤＳ」を演奏する。きっと鍵盤を撫《な》でるその指には、二人の前途を案じ、平穏でなくとも笑える未来を願う気持ちが込められている。

本作が二〇二二年に改めて刊行される理由として、都や隆之のように、人には相談しづらい悩みを抱える若者がこの時代にもまだ数多く存在していることや、マイノリティに対して不寛容な社会のままであることも挙げられるはずだ。どれだけＳＮＳが普及したって、人に弱さを見せること、弱いままの自分を受け入れてくれる存在を見つけることは、難しい。隆之と都の連帯は、そんな若者たちに勇気を与える。

たとえば物語の序盤、自分のことを「変態」だと自虐する隆之に向けて、男しか好きになれないのか、高坂くんだけが例外なのかと都は尋ねる。隆之は「あいつだけに決まってるだろう」と答えたが、それに対して都は「(自分の場合は北崎を) 好きになってみたら、たまたま男だったっていうだけよ。二分の一の確率」と、アッサリ言ってのけるのだ。この言葉が「同性に惹《ひ》かれること＝異常」という概念に固執してしまう隆之の心に積もった雪を、やさしく溶かしていく。

また、都は初めて会話を交わす隆之に対して、他人に言えずにいたはずの秘密や葛藤をすべて曝《さら》け出している。たとえば北崎との報われない関係についても話すし、「あなたの家って、両親そろってる？」と、初対面で聞くにはあまりに失礼な質問も口にする。一般的にはタブーとされる領域すらも打ち明け合うことで、二人はそのつながりを強くして、物語の中盤以降では、互いが欠かせない存在となる。

再び、都の自宅でのシーンになるが、隆之と都は最も距離を近くして、隆之はこれを「一口に愛と言ったっていろんな形があると言いたいのだ。僕と都の関係、これだって男女の恋愛ではないにしろ、まぎれもなくひとつの愛情の形ではあるはずだ」と考える。友情ではなく愛情、と表現したところに、この作品が恋愛よりも広義の「愛」についての物語であることが示されている。

隆之は宏樹の存在を諦めきれず、都も北崎に執着し続けている。それぞれ特別に思う人がいる以上、都と隆之は恋愛感情の意味で矢印が向き合うことはない。しかし、男が男を愛すること、女が女を愛することだけでなく、そもそも恋愛関係にはならない二人の間にだって愛情は存在しており、人はそれを生み出し、分け合い、享受できることを、隆之は都に触れて知った。

「自分のことのように相手を気づかわずにいられない、そういう気持ちを愛情と呼ばずに、いったい何て呼ぶんだろう?」

愛について想いを馳《は》せる隆之の姿勢そのものが、不寛容が広がるこの社会への治療薬のように感じるのだ。

最後に。都と隆之と、彼らと同じように迷う若者たちの葛藤に応える言葉として、メイ・ウエストの名言を思い出した。「いい子は天国に行ける、でも悪女はどこへでも行ける」だ。誰か——たとえばそれは教師や親、政治家といった大人の存在だったり、男性中心的な社会や、シスジェンダー以外見ないふりをした偏った世界のことだったりするだろう——の指示や命令に従って生きてさえいれば、私たちが法で罰せられたり、社会的な死を迎えることはないかもしれない。しかし、そこから背を向けて外の世界に飛び出したとき、きっとあなたは、決まりきった形の幸福よりも、もっと開放的で、自由で、それぞれの望む最大限の幸せを獲得する機会を得ることができる。私はいくつもの村山作品からそれを学んできたし、きっと都たちも、そのことに気づく日が来るだろう。どうかその日まで、これからも反抗を続けてほしい。反抗とは青春であり、青春はいくつになっても続いていくからだ。

（かつせ・まさひこ　小説家）

本書は一九九七年六月、集英社文庫として刊行されたものを
再編集しました。
単行本　一九九四年七月　集英社刊
初出「小説すばる」
一九九四年二、五〜七月号

村山由佳の本

海を抱く　BAD KIDS

超高校級サーファーの光秀と、校内随一の優等生・恵理。正反対のふたりは、ある出来事をきっかけに体だけの関係を持つようになり……。ままならない18歳の心と体。青春小説の決定版。

村山由佳の本

おいしいコーヒーのいれ方 I〜X

彼女を守りたい。誰にも渡したくない——。高校3年になる春、年上のいとこのかれんと同居することになった勝利。彼女の秘密を知り、強く惹かれていくが……。切ない恋の行方は。

集英社文庫

村山由佳の本

おいしいコーヒーのいれ方

Second Season Ⅰ～Ⅸ、アナザーストーリー

鴨川に暮らすかれんとなかなか会えず、悶々とした日々を送る勝利。想い合う気持ちは変わらないが、大人になるにつれて、ふたりをとりまく環境が少しずつ変化していき……。

集英社文庫

村山由佳の本

放蕩記

愛したいのに愛せない——38歳、小説家の夏帆は、母親への畏怖と反発から逃れられずに生きてきた。大人になり母娘関係を見直すうち、衝撃の事実が。共感と感動の自伝的小説。

村山由佳の本

天使の卵　エンジェルス・エッグ

そのひとの横顔はあまりに清冽で、凜としていた——。19歳の予備校生の「僕」は8歳年上の精神科医に一目惚れし、想いを募らせるが……。第6回小説すばる新人賞受賞作。

集英社文庫

集英社文庫

BAD《バッド》 KIDS《キッズ》

2022年10月25日　第1刷　　定価はカバーに表示してあります。

著　者　村山由佳《むらやまゆか》

発行者　樋口尚也

発行所　株式会社 集英社

東京都千代田区一ツ橋2-5-10　〒101-8050

電話　【編集部】03-3230-6095

【読者係】03-3230-6080

【販売部】03-3230-6393(書店専用)

印　刷　図書印刷株式会社

製　本　図書印刷株式会社

フォーマットデザイン　アリヤマデザインストア　　マークデザイン　居山浩二

ISBN978-4-08-744442-1 C0193